CB066698

ZUN

Tradução **Mirella do Carmo Botaro**

Pelourinho

Tierno Monénembo

Para Pierre Verger
Para gente da Bahia

Nas cidades
Todas as pessoas se parecem
Aqui, não:
Sente-se bem que cada um traz a sua alma
Cada criatura é única
Até os cães.

Manuel Bandeira

CAPÍTULO I

Agora que você morreu, Escritore, só me resta pagar o preço do meu deslize. Jamais terei forças suficientes para superar o choque. Olha só o trapo que me tornei. Desta vez um trapo de verdade roendo as unhas de uma *ladeira*[1] à outra sem saber mais o que inventar para se livrar da culpa. Que zica, *puta la vida*! E não é que me veio mais esse pepino: o remorso do assassinato de um amigo. Admita que não teria acontecido se desde o começo você tivesse o cuidado de evitar minha companhia. Deveria ter lido na minha cara que não sou do tipo que dá sorte. Entendo os motivos que te trouxeram de tão longe, mas você quer o quê, meu irmão, nunca fui lá muito simpático com os parentes. Sou feito ímã ruim, só atraio confusão. Percebo um lampejo de esperança e vlan!, já virou cilada. A prova é que você só me trouxe dor, justamente quando seu intuito era me servir de ancestral e guia. Sempre esse meu pé-frio, mas também sua terrível obsessão com o ancestral Ndindi que, convenhamos, acabou por te dopar os miolos. Enfim, vamos ver o que o amanhã me reserva. Por enquanto, preciso dar um tempo, remexer nos subsolos e nos sótãos, dar uma geral na zona que ficou minha existência. Ainda que me pareça mais emocionante viver como vivi do que receber a lâmina dessa faca afiada bem no meio do peito.

---

[1] As palavras em itálico se encontram em português no texto original e foram transcritas na tradução com os eventuais desvios linguísticos. [N.T.]

Nada de muito novo na terra. Os *gringos* não aparecem mais do que quando você ainda estava aqui. Ainda dá pra ver a mesma nuvem espessa de corujas se abater na catedral quando a tarde cai. E, claro, chove e venta como antes nas encostas caindo da Federação. Porém, olhando de perto, algumas coisinhas mudaram. Ah, se pudesse ver mais uma vez sua cara emburrada – *meu pai*, se nos cruzássemos de novo bem no fogo de uma *pinga*! –, eu diria que a dor de Mãe Grande piorou. Samuel largou seu barraco do Barbalho. Deu agora para assombrar as copas das árvores e os cumes das igrejas. Grita no meio da noite que ninguém vai encontrar salvação antes que se queime o relógio da Piedade. Derrubaram os flamboaiãs centenários que reinavam na *praça da Sé*. Era ali que você vinha devanear com sua caderneta vermelha na mão. Imagina só o que puseram no lugar: uma estação de ônibus coladinha à catedral!

Em contrapartida – como a vida dá voltas, meu defunto Escritore! Manchinha não me enche mais o saco e ninguém cogita me expulsar quando cruzo o limiar do *barzinho* de Preto Velho. Não passa uma hora sem que eu volte para ficar ali mofando à sombra de sua lembrança. Eu me sento na mesma cadeira de *jacaranda* pintada assim de qualquer jeito – a não ser que se acredite no que anda dizendo Samuel, que ela tem as cores dos pecados eximidos por sua alma arrependida.

Cresce na praça um extenso coro de rumores. Alguns afirmam que tudo está de cabeça para baixo por culpa sua, outros dizem que não. Mas muitos concordam que, se fosse para te imaginar de outro jeito do que sobre dois pés, você seria o axé de *Xango*, o deus louco que nos derruba com seu fôlego, convencido de que é para o nosso próprio bem. Você também os desconcertou com suas histórias de negreiros e sua bendita impaciência. Para falar a verdade, eles nunca me contaram o que pensam de você, se foram metamorfoseados como eu ou se continuam a ser quem eram antes de você chegar falando do mistério da figa ou da estranha tribo de homens que uma árvore matou.

Sua morte deixou Preto Velho bastante melancólico. Ele anda dizendo que todas as lágrimas de uma viúva não bastariam para chorar sua ausência. E continua exatamente do mesmo jeito: volúvel e orgulhoso de seu peito nu. Repete aquele seu ditado besta ao primeiro que aparece: "A roupa – que me provem o contrário! – é a primeira das mentiras. Para que serve uma faca que não sai nunca da bainha?" Está cada vez mais difícil aturar sua cabeleira branca e sua cara de saimiri quando me pega pelo colarinho para cobrar uma suposta dívida da qual só ele se lembra na cidade inteira. E de nada adianta que mestre Careca ou Rosinha coloquem suas ideias no lugar: "Que dívida, Preto Velho? Esta garrafa de *cravo*? Ora, Preto Velho, acabe logo com isso, você tinha dado de presente. No dia em que puseram esse infeliz Africano no mundo. Esse delicioso Escritore, você deveria se lembrar, Preto Velho!" Então ele se lembra e chora. Ele chora e procura entre as garrafas o frasco de Natu Nobilis que desarrolha expelindo um furioso jato de catarro: "Sim, sim, Escritore! Ah! Tragam os copos que essa rodada é por minha conta. Estou disposto a perdoar tudo pela memória desse homem." E muito me espantaria se, na semana seguinte, ele não vier me aborrecer por um copo de *pinga* ou um prato de *caruru de xinxin* que eu teria afanado uma década atrás.

Ele que me chute a bunda, que me despedace, que me humilhe se isso for amenizar sua existência. Eu tenho um princípio: nunca o afrontar por causa da sua idade avançada e da sua ferocidade imprevisível. Aliás, se você ainda estivesse aqui, veria a máscara de sábio que tenho usado para me esconder. Levo agora uma vida de subalterno bem miúdo e bem mudo, tão miúdo e tão mudo que ele passa por mais abestalhado do que o móvel onde está sentado. No fundo, esse pedaço de madeira velha pode se gabar de ter uma história. Sim, você lhe dava um certo ar de trono sentado nele. Já eu... tomei a liberdade de o arrastar um ou dois metros, do degrau que leva ao banheiro até o nicho na parede onde as máscaras estão dispostas. Gosto de ficar na frente da cozinha para zombar de Rosinha e, pelo vidro da porta, receber em primeiro plano a agitação da *rua* Gregório de Matos. Você não se importava com o cheiro infecto do banheiro, contanto que pudesse ver os rabiscos do Careca, julgando encontrar ali a marca de um gênio tímido ou injustamente desconhecido. A propósito: se estivesse vivo, ficaria bem decepcionado. Careca não pinta mais. Diz ele que é melhor pôr o pincel de molho do que liquidar suas obras-primas por míseros mil cruzeiros. Preto Velho responde que tanto faz, que já cansou de ver os garranchos deste pintorzinho em suas paredes. Estão falando lá no Carmo que Careca é malandro, diz isso para que as pessoas acolham com surpresa a maior obra da sua carreira: um quadro gigantesco da Janaina de sereia (segundo alguns, de madona). O tipo de fofoca que ninguém ousaria me contar olho no olho, você pode imaginar. Se o que dizem é verdade, não sei ainda o que fazer com ele. Você me conhece, sabe que posso ser um sórdido canalha capaz de fazer mal a quem me dá nos nervos.

Melhor seria se Janaina fosse apenas o que dizem os mendigos: deitada numa lona ou num círculo de terra, simples invenção de artista, em cinta-liga de meretriz ou com um largo véu de freira. Assim seria mais cômodo fazermos confidências, já que Mãe Grande nos acusa de sermos duas velhas gralhas imbuídas de contar a história do Dilúvio – isso, é claro, antes que ela começasse a me dar gelo. Oh! Prefiro deixar o tempo dizer quando o assunto for Janaina. Você vai rir, Escritore: até quando encho a cara e morro de fome, minha maior preocupação é com Juanidir. É possível se lembrar de Juanidir do outro mundo? Se daqui de onde luto contra a preguiça já não é fácil. Decidi me render aos fatos: de perto ou de longe, este homem é de outro mundo... Eu juro, Juanidir, seu sofrimento não acabou. Por que entregar sua casa à caridade dos bombeiros? Não se preocupe, Escritore, não estou falando com ele. Falo comigo mesmo para não engolir mais moscas e evitar todos estes imbecis me encarando subir a *rua* Gregório de Matos... Oh! pois sim, por que não comigo? Enjoar do carnaval e ir brincar de eremita como se você também viesse de Benares, Juanidir! A vida não é uma mascarada: a regra é que cada um interprete seu próprio papel. Você pode até se vestir com este pano de algodão agitando esse bastão dia e noite, você continua sendo o Juanidir. Você tinha uma *lanchonete* na *ladeira da praça*. Vendia *papioca* e suco de *mangaba*. *Olomoun*,[2] que não ia com sua cara, te passou uma tifoide. Volte para nós, Juanidir, ninguém vai ficar bravo por você ter confundido uma crise de misticismo com um acesso de febre. Todo mundo te conhece aqui. Você tinha um topete de moleque de *barrio* e aquele magnífico *sobrado* no morro da Federação. Juanidir Peri do Nascimento, seu coração era tão bom quanto o gosto das suas *papiocas*. Você

---

2 Provável referência ao orixá Olokun. [N.T.]

está tão mudado, nem abre mais a boca. Vocês todos, filhos de Gandhi, são como flor em focinho de cachorro. Sonham com o Ganges, mas não ultrapassam os buracos de caranguejo do Rio Vermelho. Eu te quero bem, Juanidir Peri do Nascimento do Carvalho. Mas e você, ainda gosta de nós: de mim, do Carmo, do sabor do Pelourinho, da nossa boa *pinga* regenerante e ancestral?...

Você notou, Escritore, que ele está sempre sozinho, mesmo no meio do seu rebanho? Nos dias de festa, ele se mantém a cerca de uma légua de distância dos outros para jogar suas oferendas de leite, broa de milho e *tapioca* na praça. Ah! *Meu pai*, sua silhueta sobre as *cabeças negras*, na frente da igreja Nossa Senhora do Rosário dos Pretos!... Ou então suas ovelhas preferem deixá-lo sozinho – como neste momento em que ele está esperneando na frente da *casa dos* Filhos de Gandhi, cuja chave é capaz do diabo ter roubado. Muito triste tudo isso, Escritore, sobretudo porque mal terminei de chorar sua morte e já carrego a culpa por seu assassinato! E esse lêmure do Juanidir, como pôde ficar tão alheio ao que aconteceu? Eu já disse, Escritore, este homem não faz muito estrago aqui embaixo. Uma lâmia talvez, assustadora, toda feita de desgraça. Não tenho por que culpá-lo, digo apenas que ele estava lá com sua carcaça nos arredores de onde te vi pela primeira vez. "Ele só sai nos dias de azar". Agora entendo por que, os rumores...

Tudo ainda está fresco na memória, tão plausível quanto o copo que estou bebendo. Eu estava voltando da Barra, lutando contra um insustentável pressentimento. A ponto de deixar passar um ou dois ônibus a fim de interrogar o mar.

Comprimi amorosamente meu amuleto de fios brancos, decidido de uma vez por todas a esclarecer as coisas com *Iemanja*. "Faça com que seja uma notícia boa. Não estou te acusando de nada, mas preciso dizer, enfim: pense um pouco em mim! Veja como os hotéis estão vazios. Mais uma manhã perdida! Semana passada só consegui três *gringos* mãos de vaca no *largo* da Mariquita. E não foi fácil arrastá-los até o Mercado Modelo. Assim que eu voltar, vê se me arranja um bom lote de escandinavos. Ou vou achar que você é uma deusa furada. Aposto que vai fazer algo para não chegarmos nestes termos."

Uma meia hora mais tarde eu quebrava a cabeça na *rua* Alfredo Brito, pensando comigo: estou ferrado se ele não levar meu conselho a sério. Você me conhece, Escritore, não sou chegado a puritanismos, mas confesso que naquele dia tive vergonha de mim. Não, não era eu quem zanzava na ladeira da *rua* Alfredo Brito, mas uma outra pessoa. Ou então eu não tinha a mesma corpulência, nem as mesmas bochechas no rosto. Sentia que me tornava a marionete de um sorrateiro complô cujos detalhes imprevisíveis me revelavam ainda há pouco a existência. Por mais que frequentasse as igrejas e suplicasse a *Iemanja*, assim que eu avistava um deles, a concorrência já estava lá. Dez caçadores para um só coelho, onde está a justiça divina? Porém, comparado a agora, aquele tempo era o das vacas gordas. Alguns alemães ainda apareciam, na verdade, mais para se abrigar na baía de uma ilha e, como diziam esses rabugentos, escapar dos *ladros*. Com os americanos já nem contava mais. Eles preferiam o Caribe depois que aqueles pulguentos de Santo Amaro alastraram a cólera como se, raios, estivessem no Peru. Pois é, Escritore, eu não podia imaginar. Ainda vivia nos esplendores do passado quando a desgraça chegou com tudo, feito chuva fora de época. Meus comparsas alugavam barcos e íamos dar uma de loucos no rio Paraguaçu. Em Cachoeira, Maragogipe! Às vezes por dias a fio! Por exemplo, os suecos que encontrei na *Pitubá* Praia Hotel e mandei para Ilhéus me deram uma Polaroide novinha de presente... Você chegou num momento ruim, por culpa de Juanidir. Senão teria visto que não, eu não era o verme que conheceu. Me regalava com frutos do mar, me enchia de champanhe. Não tocava em outra moeda que não fosse dólar ou marco, a não ser para fazer algum serviço. Pena que você chegou no tempo dos hotéis vazios, das dívidas e dos falsos amigos. Mas todas estas misérias não tinham mais tanta importância diante do mau humor de Juanidir e da dor de Mãe Grande.

Os problemas, meu Deus, não há nada semelhante que arruíne tanto um ser. Eu descia disparado a ladeira da *rua* Alfredo Brito, ninguém me cumprimentava. A essa altura, talvez parecesse com aquele pobre Hipócrates coberto de cascas e excrementos embaixo dos tamarindeiros do que foi, não tem muito tempo, a mais antiga faculdade de medicina de toda a América Latina. Isso antes, é claro, que doutor Martins viesse perturbar minha pessoa e as duras leis da medicina. *Meu pai*, quando a desgraça vem, ela não poupa ninguém... Então, Hipócrates e eu, o médico dos gregos transportado aqui para divertir os papagaios e eu, a progenitura de escravos feita para rir de tudo. O tempo é traiçoeiro: em uma manhã ele pode submeter toda a sua carcaça ao peso de um século de vida. Veja, por exemplo, o pé de Mãe Grande que, num piscar de olhos, ficou mais gordo do que um bicho. Era nisso que eu pensava, Escritore, quando descia rolando feito um entulho a *rua* Alfredo Brito.

Não sou de reclamar à toa, mas como devo contar tudo, prefiro pensar no inferno do que naquela experiência. Meu coração estava feito esse infeliz Hipócrates enquanto pisoteava as *cabessas negras* da *rua* Alfredo Brito: ruído de todos os lados, coberto de musgo e de um enxame de vaga-lumes mortos. Mal podia imaginar que mais abaixo me esperava quem a sorte escolheu para desviar meu destino... Para ser honesto, você tirou acima de tudo minhas ideias do lugar.

Você me esperava, por assim dizer, comendo *cocada* entre a porta do Novo Tempo e a *casa dos* Filhos de Gandhi. Minha barriga roncava e eu já andava tendo vertigem. Repito, Escritore, eu já não era mais o mesmo: fosse migrante ou gênio, ninguém me reconhecia mais. No *terreiro de Jesus*, no *largo do* Pelourinho, nada, nem bom dia nem xingamentos. Nada além da suja indiferença das paredes. Os homens? Aqueles que eu tinha como irmãos, pilares ou bússolas neste largo de tortura que nos viu nascer? Todos frios e distantes do outro lado de um muro ruído pelo egoísmo. Na hora dos pepinos não sobra ninguém para babar seu ovo ou te dar, por acaso, um punhado de pistache no bico. Nem o barbeiro Paolino, nem mesmo o manso mestre Careca.

Então, sem querer, acabei indo parar no bar do Manchinha, melhor do que voltar para casa de mãos vazias. Certamente não era o tipo de remédio para curar a gangrena da Mãe Grande ou a neurose da Janaina. Mas o que é que eu faço, se não dá para esquecer a alma pequenina de Manchinha? Veja o que eu disse para esse velho porco que cochilava na porta:

– Manchinha, se você ainda presta para alguma coisa, me vê um pratinho de *lombo de boi*, eu pago quando os dias forem melhores.

E ele que não tem educação sequer para levantar a cabeça ou abrir os olhos:

– Não vou dar nada. Nada nunca vai ser melhor quando se trata de você. Ainda que aprendesse a trabalhar no lugar de enganar os *gringos* que nem vêm mais. E quem os expulsou? Você mesmo, seu azar e seus ares de vampiro. Quem foi que trouxe os ratos, desgraçou com Janaina e transmitiu esta doença inédita e incurável a Mãe Grande? Você! Não se pode esperar nada de bom enquanto você estiver entre os vivos, e já que está falando de dinheiro, devolva o que pegou emprestado no carnaval do ano passado.

– Ah, vá, morra logo de uma vez, Manchinha, cara de tamanduá! Tenho uns trocados no bolso, mas é para comprar as ervas de Juvenal e aliviar a dor de Mãe Grande. Quanto a Janaina, comece a treinar a não pensar mais nela. Ela te esqueceu como esqueceu suas enxaquecas de infância.

– É melhor você ir embora. Quer que chame o delegado Bidica? Quem sabe você não está metido naquela sujeira do Engenho Velho de Brotas?

O cachorro começou a gritar e eu via na janela do armazém a galinha da Iara cujas mentiras provocam devastações até a cidade baixa. Fiz logo de descer viela abaixo caindo de novo na *rua* Gregório de Matos. Uma multidão já montava o palco e passava o som na fachada da *casa* de Jorge Amado. Naquela altura, eu não ousava entrar no bar de Preto Velho, ainda mais porque tinha notado seu torso dissuasivo e seu cachimbo turco pelo vão da porta. Percorri semi-inconsciente o *largo do* Pelourinho atraído pelos espetinhos do Kalundu e o cheiro gostoso do restaurante *Sempac*[3]. A multidão apressava

---

3 Provável referência ao restaurante do Senac. [N.T.]

o passo, alegre, e eu não sabia o que fazer além de arrebentar o pé nessas *cabessas negras*. Duas ou seis vezes por minuto eu dava uma olhadela na nave da igreja Nossa Senhora do Rosário dos Pretos, repetindo sem parar: "Ela ainda está viva? À meia-noite, à meia-noite." Segundo Juvenal, se passasse da meia-noite nos dias da *Benção*, ela podia contar com uma semana de repouso, e até vinte ou mais, a depender da sorte, minha pobre Mãe Grande. Eu fazia o sinal da cruz para acreditar de verdade, a cada batida do meu pulso.

Voltei instintivamente à *rua* Gregório de Matos, sem dúvida para remexer nos lixos do Maciel ou, no estado em que me encontrava, me jogar no vazio do vão do *elevador de Lacerda*. Ao desviar de Juanidir, cujo cheiro não suporto desde que ele virou hindu, eu te vi, grande, robusto, sorridente, atordoado no meio da multidão. Mal sabia você o que te esperava quando caiu feito patinho na minha armadilha.

– *Faze um favor, vôce conhece onde esta rua do Alvo?*

Se o dissesse tão bem quanto os moleques da Piedade, eu saberia de todo modo que você não era daqui. Alguma coisa no tom, no sabor das sílabas, alguma coisa de estranho, de modo nenhum daqui. Menos impagável que o jargão da americanada, mas mais gutural do que se viesse de Aracajú ou de São Paulo. Sem chance, Escritore, você não era um *gringo* de verdade, você era um pouquinho assim mesmo:

– *Muito quente. Uma cerveja? Vôce quer beber uma cerveja?*

Você me deixou um tanto desarmado, normalmente sou eu que faço este tipo de convite. Dali até o *barzinho* de Preto Velho era um pulo. Dos bastidores da morte, você se lembra com que audácia eu te toquei naquele dia?

– Me deixa entrar, Preto Velho, tenho um cliente importante.

Isso o fez tirar o cachimbinho da boca. Por um instante, pensei que ele fosse me arrebentar, mas não fez nada. Virou-se levemente sobre si, te olhou, depois mais longamente Rosinha. Sem dúvida implorava por socorro, tanto minha presença o desconcertava. Eu queria que nos sentássemos perto do bilhar, você escolheu esta cadeira de *jacaranda* guardada junto às outras de fibras de vime ao redor da mesa extensível. Rosinha se aproximou para nos dissuadir por causa do cheiro do banheiro. Você não lhe deu ouvidos, preferindo levantar a cabeça e assobiar de admiração diante da obra do mestre Careca. E eu, nestas circunstâncias, não procuro chifre em cabeça de cavalo, vou direto ao ponto:

– Um *caldo de sururu* e duas cervejas para começar, *dona* Rosinha, depois certamente vamos comer alguma coisa.

A covarde da Rosinha virou-se para Preto Velho à espera de uma ordem.

– Mas claro, Rosa, faça como ele disse –, murmurou do vão da porta o moçambicano venerável e azulão de tão preto, um verdadeiro ícone de vitral! – Veja, *minha* Rosinha, eu não posso fazer nada, hoje é o meu dia, não tem nem um gás de raiva ou ódio na barriga de Preto Velho neste exato momento em que estou falando. Sirva os dois por enquanto. Você sabe que não vai durar muito. Amanhã talvez, quem sabe? Vou ter recuperado meu vigor. Vou voltar a ser quem sou de verdade, o tição de madeira ruim que uma preta do Moçambique quis pôr no mundo. E por que, Rosinha? Ora, porque é assim que eu gosto.

Que chá de espera você me deu para oferecer, enfim, meu tão sonhado *xinxin de galinha*! Eu me divertia olhando pelo vidro da janela, como faço agora neste momento, os cem passos de Juanidir na calçada da frente. Penso em tudo isso, Escritore, e sinto uma fissura se abrir em mim, a quem você gostava de chamar coração-de-madeira-morta. Detesto me humilhar ou me afligir diante da ameaça da existência. Porém, sinto a fissura, mais larga do que um vale, nascer das profundezas da minha alma e devorar minha razão. Preciso aprender a te esquecer um pouco, meu velho...

Aqui está Juanidir, bem ao nosso alcance, como no tempo em que você estava aqui. Basta quebrar o vidro, assustar as moscas e, para ser meticuloso, afastar algumas pilhas de lixo, para encostar nos seus óculos. O mesmo Juanidir com seu bastão de iluminado e seu pano de algodão, retraído e repugnante feito um furúnculo no cotovelo da rua. Digo "o mesmo Juanidir" para simplificar. Desde que você se foi, parei de contar o tempo. Aliás, ele comprou óculos idênticos aos de seu sósia ilustre. Sua careca vai pouco a pouco se preenchendo com as rugas de Mahatma. Pois é, meu velho, ao menos uma estação se cobriu de uma nova camada de cinza desde a igreja de São Francisco. Hoje a imundice da *rua do Alvo* ultrapassa o tamanho de duas bananeiras. Agora sou eu, pobre Escritore, que brinco de rei na cadeira de *jacaranda*. Mas eu ainda posso ouvir sua fúria falando do mistério da figa e da estranha tribo dos homens que a árvore matou.

Olho para Juanidir. Cada dia se parece mais com uma estátua. Perdeu a validade, ficou fora do tempo feito aquele grego do Hipócrates brigando com a eternidade embaixo dos tamarindeiros. Ele estava lá quando, pela primeira vez, você me deixou sem ar com suas esquisitices. Seja Natal ou Dia de Reis, Juanidir está sempre lá. Você, um pouco menos naquele dia, encantado que estava com o mundo da *caatinga*, dos *orixas* e dos boçais do mestre Careca. Aproveitei para gritar para Rosinha:

– Rosinha, tenha a bondade de me trazer um mocotó para acabar com esse *xinxin*. E mais bebida, por favor. E não se esqueça da minha sobremesa. Hum, um doce de goiaba com bastante cobertura de caramelo. Sem enrolação, Rosinha, por favor. E depois, nos deixe em paz, temos muito o que conversar. Entre homens.

– Mãe Grande vai morrer enquanto você suga meus clientes. Vai acabar feito um girino numa fossa qualquer lá no Carmo.

Era melhor assim, que Rosinha me apresentasse, que você soubesse de uma vez por todas o que esperar de mim... Depois eu falei do mercado São Joaquim, da igreja da Ajuda, das ilhas, das *favelas*, da magia de *Itapõa*, eu disse para você escolher. Não, você não queria nada, você não era um turista.

– Quem é você, então?, perguntei um tanto desapontado por suas maneiras. – *Estados Unidados*? Cuba? Jamaica?

Você me respondeu como se aquilo pudesse ser verdade, sem desgrudar os olhos dos rabiscos do Careca:

– Da África.
– Da África?
– Sim, da África.

Ainda me dá nos nervos esse seu tom indiferente de quem quer controlar tudo, a raiva e as ganâncias de dinheiro, de mulher e de briga.

– E por que você veio para cá?
– Oh! Eu vim da África e ponto final.
– Sem ver a *Pitubá*, o Bonfim, o Dique de *Tororo*, as meninas da *ladeira da praça*? Você está maluco, meu velho!

Você alugou um quarto na *pousada* Hildalina, da espanhola, lá no alto da *rua do Alvo*. Mas passava os dias no *largo do* Pelourinho, voltando só para dormir. Isso me deixava doido:

– Não tem só isso para ver. Vamos passear em Santo Antônio ou na igreja do Bonfim.

– Não *turisto*! Você nasceu aqui. É a sua vida cotidiana, os balcões de ferro, o colorido dos *azulejos*, esta infinidade de telhados pontudos ou abobadados, o contorno das casas geminadas cuja disposição lembra o sopro do bandoneón. Não tenho vontade de visitar, só de sentar e saborear...

Este seu papo furado me fazia bocejar, mas aguentava seus delírios convencido que estava de ganhar pelo menos o jantar.

– Bonfim é ainda melhor. Tem a magnífica igreja e as meninas na praia.

Mas não, você ficava na praça até ser tomado pela sede e então voltávamos para cá esmiuçar suas lendas. Não me lembro onde foi que pela primeira vez você me falou do mistério da figa e de todo o resto. No Moreno? Na Nilza? Ou então naquela maldita noite no Banzo em que você dançou reggae e *forö* do mesmo jeito, tomando uma cerveja com Gerová e outra com Reinha. Você estava tão bêbado que procurava cochonilhas debaixo das saias de Reinha. Depois sentou-se na cadeira de balanço e pôs-se a falar todo o resto da noite. Não entendi muita coisa, apenas que não poderia contar com você para fazer meu business dar certo. Os *gringos*, quando apareciam, não tinham a menor frescura: um baseado, uma *nigrinha*, um passeio em *Itapõa* e a jogada estava armada. Eu quase te dei uns tapas naquela noite no Banzo, de tanto que sua pinta de belo pensador me exasperava. Em contrapartida, eu morria de rir ao te ver transformar o bar em um lugar de molecagem. É sem dúvida por isso que me abstive de quebrar seu nariz naquela madrugada no Banzo, ou na Nilza, ou na Dinha, já não me lembro mais exatamente. Nós tínhamos bebido muito. Veja bem, infeliz Escritore, quando bebemos tanto assim não devemos perder tempo remendando a História. Neste caso, acredite, o melhor é fazer como Palito: bater uma na praça, arranjar uma *nigrinha* e se rachar de rir. Mas seu número consistia em cultivar a diferença com ares de quem só viveria na terra para comprar a alma dos outros, feito o pobre Samuel, mas mais enfadonho. Tão seguro de si que as pessoas davam corda, crentes que era tudo brincadeira. E, para ser franco, Escritore, você era bom na arte de fazer palhaçada. Eu nunca tinha visto alguém manejar as ideias com tamanha fantasia. Te admirei primeiro por isso (e pela grana e a comida que me dava sem pedir nada em troca). Você tinha o dom de me irritar, mas na sua frente ficava meio tímido, eu que nunca tive receio de falar minhas verdades ao mundo. Por isso demorei um tempo para te fazer desembuchar. Aconteceu na *churrascaria* do Nissei, na *ladeira da praça*.

– *Vôce, jornalisto*? *Professor*? (Não ousei acrescentar "palhaço".) O que você está fazendo aqui?

– Tenho família aqui. Eu vim reencontrá-los.

– Antepassados? Sobrinhos?

– Primos.

– Em que *barrio* eles moram?

– Ah! Isso, meu velho, é você quem vai dizer!

E você pôs na mesa o mistério da figa e da estranha tribo dos homens que a árvore matou. Depois olhou a rua:

– Quem é toda essa gente?

– Só uns pobres coitados esperando o ônibus para a festa de Berimbepe[4]. Berimbepe é a festa mais bonita depois de São João de Cachoeira e do carnaval, é claro.

---

4 Provável referência à festa de Arempebe. [N.T.]

O que eu não tinha acabado de dizer! Você se pôs de pé e levantou seu copo falando aos quatro ventos:

– Tudo é carnaval aqui: as igrejas, as conversas, o gingado das meninas!

Lancei um "você conhece o Rio?" para acalmar os ânimos.

– Conheço o Rio, *Belem* e um pouco de Manaus também. Mas economizei meu entusiasmo para poder chegar aqui.

Primeiro, você se deixou seduzir pelo charme de outros mundos. Mas logo acrescentou ser apenas uma estratégia para prolongar o prazer, tendo desde jovem dedicado a alma à conquista desta cidade. Era como uma ardência no estômago que te arrastava por diversos caminhos. Por fim, você ficou grave novamente e começou a maldizer como se pronunciasse suas últimas palavras na vida. Falou de Cotonou, Lomé, São Jorge da Mina e Dakar, onde você fez seus estudos. Eu disse:

– Paris! Você conhece Paris?

– Sim, andei perambulando entre Nation e Belleville.

Ali eu fui às alturas:

– Paris! Djakarta! Bombay!

Ao que você replicou:

– *Rio! Riu di Janeiro* (imitando o sotaque nativo)! Leblon, Catete, Lapa!

Você me falou de Judith, "a girl de Tasmania" que você arrancou dos ladrões da Lapa, que veio há muito tempo para cá "juntar os opostos" e que explodiu em prantos quando você a deixou por Belém. Lá, você perambulou entre o porto e a *praça* Dom Pedro II, revivendo a lenda da cidade da borracha com a qual sonhavam os amantes de aventura bem antes dos presidiários de Caiena e dos legionários de São Jorge de Moroni. Você desfrutou dos *barzinhos* onde as vozes dos *seringueiros* jamais foram silenciadas. Em nome da tradição, foi ao mercado Ver-o-Peso, bebeu uma *caipirinha de mari-mari* e pediu com a aspereza que se deve uma grande tigela de *açaí* a uma vovó *cabocla* que tremia levemente os beiços. E olhou o rio, mais exatamente os tentáculos brilhantes que ele distribui aos milhares e que proliferam por entre as ilhas. "Lagos, *Ibadam*, Takoradi, não, Manaus, Goiânia, *Ibarera*, *São Paolo*, a italiana que tem *Bôa Vista* como coração, o sabor da goiaba e a magia de Nápoles..."

Minha memória gravou tudo, todos os seus feitos e gestos, tanto eles me pareciam insanos. Quando você se calou, um ou dois debochados aplaudiram como se estivessem diante de Castro Alves em pessoa. Poderia ter sido constrangedor em um restaurante japonês, mas, devo admitir, a cena tinha sido bem montada. Aproveitei que você estava inspirado e repeti a pergunta:

– *Professor? Jornalisto*?

– *Acho que actor ou escritore*, respondeu o senhor da mesa à direita em seu lugar. – *Africano*? O Brasil e a África têm tanta coisa em comum! Somos feito gêmeos nas duas beiras do oceano. Só não nos acenamos. Por quê?

Você respondeu de imediato, era a pergunta que queria ouvir:

– Eu vim para isso. Para consertar a anomalia!

No dia seguinte, abri o jogo com Preto Velho a fim de descobrir mais coisas. Acho que fiz bem de esconder de você o que esse porco moçambicano disse a seu respeito:

– Você ainda anda atrás daquele fantasma de óculos? Por que não passa a mão no dinheiro dele enquanto ele enche a cara na frente da merda do Careca?

Estava ali uma pergunta que já tinha me ocorrido, mas que eu não ousava admitir. Um malandro ligeiro feito eu, esperto, nos dizeres de quem me ensinou! Sim, de repente achava curioso que não te tenha subtraído um só *penny*, nem arrancado um botão, tampouco afanado seu relógio. Minha presença ao seu lado dissuadia os colegas. Mas você nunca me agradeceu... Fiquei chateado com o que Preto Velho disse sobre você. Procurava uma ou duas palavras para responder à altura quando Rosinha largou seus fogões:

– Eu sei de tudo. Ele veio até aqui para escrever um livro. É o que o povo anda dizendo lá no museu afro-brasileiro. Não faça essa cara. Quando eu, Rosa, digo alguma coisa, pode ter certeza que é verdade. Quem é que vende os ingressos na bilheteria do museu afro-brasileiro? Minha irmã Graçu, é claro. Pergunte, pois, a Graçu!

Preto Velho já estava nervoso:

– Escritor, andarilho, por que não veado? Olhando de longe já dá para imaginar. Para mim, ele é da mesma laia que o canalha do Careca. Vamos, suma daqui, espere por ele lá fora. E volte apenas quando ele chegar. Ele pelo menos é um idiota com os bolsos cheios. Você que lhe arranque os cobres se não quiser morrer de fome!

Ao te ver chegar, eu disse para te testar:

– Oi, Escritore! Não quer mesmo passear pelas ilhas?

– Eu vim somente para encontrar meus primos. Só você pode me ajudar. Você quer? Promete?

Enquanto jogávamos bilhar você voltou a me importunar com a história da figa e de Ndindi-Furacão, que se achava capaz de vencer a robustez do baobá. Por outro lado, percebi que você não se aborrecia quando eu te chamava de "Escritore".

Então eu continuei, sem nunca saber qual era o seu nome de fato.

CAPÍTULO II

Meus olhos viram bem, Exu não é mentiroso: o véu lançado ao fogo, as asas do beija-flor, o cordame de um barco sobre as ondas. Um mágico espetáculo depois da enxaqueca, figuras de tinta nanquim, uma auréola de luz cinza que se torna amarela, em seguida vermelha, formando pequenos discos leitosos como a cada vez que a vertigem me toma. Você estava lá, no meio, na contracorrente da multidão que se alastrava da igreja de São Francisco se preparando para a Bênção, sublime, imperturbável. Você subia o *largo* comprimindo um objeto na mão direita. Suava grossas gotas, vacilando feito vara por entre os buracos da praça. Cansado como estava, você devia vir do Comércio pela rampa do Corpo Santo. Da *Saude* ou do Carmo, era só descer até onde começa a subida da praça, no nível da igreja Nossa Senhora do Rosário dos Pretos. Para mim, então, você vinha do Comércio com sua calça de algodão e sua camiseta gasta, todos os dois completamente encharcados. Logo te reconheci pelo cheiro de seu vilarejo e suas escarificações. Pensei comigo: "Felicidade aos que se armam de paciência, Exu nunca mente. O dia prometido chegou." Empurrei Lourdes para me pôr de pé, mas por mais que mirasse a luz, não via o seu rosto. Seus bíceps estavam translúcidos. Eu distinguia seu pescoço enrugado, os músculos de suas pernas, a linha em ziguezague dividindo seu cabelo. Foi assim que te imaginei, atlético, de rosto bonito, graciosamente seguro de si. Você me lembrava um lutador, por causa da agilidade do seu corpo que esticava a cada passo sua famosa calça preta, a que seria dada a Sergio-chorão depois de sua morte.

Você tinha um jeito estranho de andar. Vinha até a *rua* Gregório de Matos, mas virava a cabeça para o outro lado, para os telhados arqueados e as janelas de estilo espanhol na calçada do Banzo. Você se deteve um instante no meio da praça. Protegeu os olhos com o objeto que tinha na mão direita (uma revista, um bloquinho ou um porta-moedas?) e olhou em direção ao pardieiro onde moro, sem dúvida para saborear a surpreendente paisagem de *sobrados* e bananeiras que se formava para os lados de Nazaré. No lugar do seu rosto eu só via uma massa vaporosa que inchava e borbulhava como bolhas de sabão. Então compreendi o significado do véu jogado ao fogo e das asas do beija-flor. Pobrezinho, a base da sua vida nunca foi sólida. Pensei comigo: "O que estou vendo aqui, bendito Senhor do Bonfim!" No minuto seguinte, a espuma das bolhas invadiu tudo: a igreja, o Banzo, a *casa* de Jorge Amado e todo o relevo barroco das casas ao redor. Vi essa espuma aumentar e borbulhar, depois o pesado véu da noite caiu sobre mim. Eu larguei tateando a beirada da Pfaff onde tenho o hábito de me debruçar. Vasculhei na cômoda e embaixo da cama. Derrubei o fogãozinho e o saco de encomendas até encontrar o que você precisava: o *dendê*, a noz de cola de pimenta e um pacote de velas. Rezei por sua alma, infeliz, como pude.

Em seguida, ouvi batidas na porta. Era Gerová com seus aromas balsâmicos.

– O que foi, *dona* Gerová, não gostou?

– E não é que eu gostei! Ficaram ótimas.

Ela me cumprimentou como de costume, sem ímpeto, sem profundidade, com um ou dois beijos na testa dando seus longos suspiros e estranhos gritinhos.

– Mas o que significa isso, esta zona de cerimonial? Para iluminar sua alma ou atear fogo em tudo? Ah! Que coisa horrível, não vai demorar muito para eu me zangar com você.

– Trabalhei a manhã toda e agora estou rezando.

– Oh, não! Tudo menos isso. Eu não te pago para rezar... Ah! Já estou sentindo um cheiro forte de jasmim. Como você faz para conseguir jasmim se nunca sai de casa?

– Você já viu jasmim aqui? Pois então, você está redondamente enganada.

Cadela! Cheiro de jasmim! E por acaso eu ousava perguntar o que ela punha no corpo para vir aqui me empestear? Ela foi embora e não pude distinguir, nem por um segundo, seu belo corpo escultural e seus penduricalhos de cobre caindo sobre os seios, de tanto que naquele dia o véu era largo. Ela fechou a porta e pôs-se a gritar logo em seguida:

– E não se esqueça das sandalinhas e dos chapéus. Eles vão ser expostos na nossa excursão para o Japão. Ela ainda funciona, né, sua máquina velha?

Minha vontade era de responder de bate-pronto: "Minha máquina velha? Ela vai muito bem. É com sua cabeça que me preocupo." Mas, como nos outros dias, não disse nada. Pensei em você durante toda a noite e naquela louca da Lourdes que nunca me avisa quando vem me chamar para brincar com ela. Mais uma vez inclinei meu rosto até a chama das velas para implorar a Ogum e a Santa Bárbara. Cobri a testa de *dendê*, mordi meia noz de cola. Fui para a cama desejando que você fosse lavado pelas águas de *Oxalá* e protegido pelo machado duplo de *Xangô*. Dormi mal, aflita por não poder te ajudar. Ah! Como me afligia não ser nada além de uma imprestável, incapaz de dar um passo sozinha para além dos banheiros do corredor.

Quase uma semana se passou sem que você se desenhasse novamente sob a minha luz. Você estava no Mercado Modelo, em uma das barracas que servem petiscos e cerveja morna. Um lugar barulhento, repleto de carregadores, camelôs e *nigrinhas*, todos bêbados e amontoados uns nos outros. Você tirou a camiseta, balançou-a nervosamente lutando contra o calor e os tufos de fumaça. Comia *lambretas* perto de um *marineiro* que admirava sua tatuagem, louco para perguntar de onde diabos você surgia. Mas a patroa foi mais rápida com a desculpa de conferir se a cerveja estava gelada e se não precisava de nada. Ela desembestou a falar, você não entendeu bulhufas e respondeu por cortesia: "*Não, eu no turisto.*" Um minuto mais tarde, estava lá fora zanzando entre a *praça Riochuelo* e as águas gordurentas do porto, para ver amarrarem as balsas e a criançada se agitar. Você se debruçou na mureta do cais para ver o sol se perder na multidão das ilhas. Sua tatuagem brilhava como a face de uma medalha. Eu te via como vejo as sardas de Lourdes quando ela sobe em minha máquina e me obriga a brincar com ela. Te vi nos mínimos detalhes: os entalhes profundos feitos com estilete ou bisturi, cicatrizados com anil, as duas mãos fechadas, uma sobre cada ombro formando um ângulo na espinha como duas lanças de sentinelas na porta de uma cidade.

Eu olhava e reconhecia tudo: a tatuagem, as escarificações na testa e no meio das têmporas, seu cheiro de iniciado e o verdadeiro nome do seu vilarejo. Tudo, até o prato do seu *orixa*, a canção me disse tudo sobre você. Tantos outros detalhes me mostravam que você vinha mesmo de fora. Para que te compreendessem, você falava, ao passo que aqui cantamos. Aproximava-se das igrejas unicamente para admirar suas cúpulas. Andando, arrastava os pés como se faz na floresta. Aqui é preciso se sacudir para sermos como os outros.

Eu te revi uma manhã na *rua* do Forte de São Pedro pechinchando com nostalgia uma bacia de mandioca. O camelô perguntou: "*Vôce, Africano?*" Você respondeu, um tanto excedido: "*Si, Africano. Vôce também*?", depois foi à Barra deitar na grama do *morro de Monte Cristo*, este lugar infestado de trombadinhas que cheiram cola e se estripam por um par de botas.

Essas são as primeiras imagens que recebi de você. Depois vieram outras em que parecia mais feliz. Você dançava à noite no Banzo e não perdia por nada no mundo o *samba* do sábado na Cantina da Lua. Lá encontrou Balbino, Balbino do Rojão que te encantou com o *reco-reco* que ele tocava *grazioso* depois que os outros músicos iam embora. Você levava uma ou duas laranjas até a frente da catedral para degustá-las debaixo dos flamboaiãs da *praça da Sé*, rabiscando papéis. Então se perdia nas ruelas do Maciel. Gostava de andar sozinho, mas aqui afrontamos as ruas colados uns nos outros que nem ovos de esturjão.

– Perfume seu coração e permita-se crescer. Um príncipe de outros tempos vai vir para te tirar daqui, me dizia Madalena enquanto lavávamos roupa na beira do riacho. – Não é culpa de ninguém. Perfume seu coração de amor e paciência. Exu nunca mente. Exu vai fazer o resto.

Ela falava olhando para a ribanceira e aquilo ressoava em todas as partes do meu corpo como uma realidade, não como uma profecia. Um príncipe de outros tempos, como eu achava aquilo bonito! Essas palavras me reconfortaram quando Madalena se deixou levar por uma tosse brava, ela que sempre soube se defender dos *yoyos,* dos credores e até do cachorro de meu pai que se dizia chamar Zezé. Um príncipe de outros tempos! Ela me descreveu umas cem vezes, de modo que, quando te vi, pude dizer: "Exu é que manda. O dia prometido chegou."

Quisera eu que você fosse menos reservado, que se mostrasse mais aos transeuntes: "Sou o príncipe de outros tempos! Como assim? Não estão me reconhecendo?" Mas eu pensava no ditado do padre Caldeira: "Só o pavão se mata para mostrar sua calda." Não, melhor não dizer a ninguém que sangue corria em suas veias, se controlar no meio da agitação. Assim você seria um verdadeiro príncipe, aquele dos meus sonhos quando eu brincava com Lourdes na *favela* Baixa de Cortume[5].

A mãe de Lourdes se chamava Ignacia, uma matrona toda cheia de manha, feita de risos e gordura, que acordava ao alvorecer e se abarrotava de trabalho para criar sua filha. Seu barraco ficava a cinco minutos de subida do nosso, perto do mamoeiro anão e na frente do casebre de madeira que servia de capela. Para chegar lá, eu atravessava o corregozinho e saltava do jeito que dava para alcançar uma pontinha do rochedo. Hummm! Meu senhor do Bonfim, éramos verdadeiros coelhos! Eu me pendurava naquela ponta do rochedo como se fosse uma barra fixa, dobrava os joelhos e, com um impulso, caía do outro lado, bem no meio dos espinhos. Uma ginástica de qualquer modo mais cômoda do que sair pela ruela do boteco, ziguezaguear entre moleques e utensílios, entrar novamente na rua sem saída permeada de córregos que davam para a capela depois de percorrer uma série de caminhos sinuosos. Eu me erguia depressa para escapar das serpentes e corria até o poço desembocando feito doida por trás da capela:

---

5 Não há registro de uma favela com este nome em Salvador. Pode ser uma mistura entre os nomes das favelas da cidade baixa e a « feira do curtume » do bairro « Calçada », nas periferias da cidade. [N.T.]

– Sou eu, Ignacia! A Lourdes está aí?

– Eu sei quem é: você não pode ter mudado em tão pouco tempo. O que quer com Lourdes? Ela está descascando banana. Já terminou de descascar as suas?

Madalena e Ignacia tinham juntas um negócio. Elas preparavam *banana-real* para que fôssemos vender na *rodoviaria*.

– Mamãe esqueceu de comprar hoje. Ela pensou que ainda tinha para mais um ou dois dias.

– Oh! Já posso imaginar a cabeça oca da sua mãe! Ah, coração-louco! Esquecer de fazer sua provisão de bananas! E como vai fazer para vender amanhã?

Esse era o código delas, fingiam formalidades chamando-se mutuamente por apelidos inventados.

– Eu e Lourdes vamos vender as suas.

Mas Ignacia era desconfiada por natureza, jamais ingênua com as boas maneiras dos outros.

– Você veio aqui me dizer isso ou levar Lourdes para brincar no lixão, hein?

Lourdes já tinha saído do barraco com uma faca na mão e sujeira nos cabelos. Ela se apoiou contra o esteio de madeira que sustentava o barraco de telha.

– Posso ir, mamãe?

– Contanto que amanhã você liquide todas as minhas doçarias. Para completar, aqueles idiotas da *rodoviaria* são uns pobretões. Mais para a frente, vejam se vão até Piedade. É lá que se encontram os verdadeiros senhores... E não se esqueçam: se acontecer de se estropiarem na ribanceira, vão ficar onde forem encontradas!

O lixão era nosso circo particular. Lá éramos livres, nos sentíamos próximas, podíamos brincar de madame. Nossa maquiagem era o pó de velhas pilhas. Apanhávamos pedaços de cordas, latas de alumínio, destroços de eletrodomésticos para fabricar automóveis que tinham laranjas como pneus e cápsulas de cerveja como aro. Contávamos histórias inventadas na noite anterior para nos assustarmos antes de dormir. Fazíamos guerra de areia e lascas de madeira por cima de uma telha ou de um tubo de escapamento. Nossa brincadeira preferida era pular do alto do cume cantando a canção que nossas mães cantavam quando vendíamos todas as bananas das bandejas:

>Éku lai lai
>Éku a ti djo
>Saúdo aqueles
>Que não vejo
>Há muito tempo
>Éku lai lai
>Éku a ti djo
>A perdiz me trouxe uma agulha
>O sonho me disse ao pé do ouvido
>Éku lai lai
>É amanhã que vem cintilar
>O grande príncipe do Daomé

Este refrão foi nosso mascote até chegar aquele doido senhor da Inglaterra. Nós cantávamos procurando restos de *charque* e de bacalhau com farinha nos sacos de lixo para trazer para casa. Quando pela primeira vez a vertigem me tomou, Madalena a cantou dia e noite, mas parecia que ela a reinventava, de tão alto que cantava e de tanto que me apertava contra si. As lágrimas lhe vinham aos olhos, depois tentava rir: "Você não gosta de chupar semente de salsa. Deveria fazer como Lourdes. Todos os dias ela chupa e está sempre saudável, mesmo quando bate a poeira da usina." Ela me cobria o rosto com panos quentes, elaborava mil truques para me forçar a beber: "Não, assim não vai dar certo. Você está me ouvindo? Não vai inventar de desmaiar de novo? Eu juro por *Oxala*, Nosso Senhor do Bonfim."

Fui curada por um tubo de pastilha que ela arranjou numa farmácia de Campo Grande, ou pelas ervas do Juvenal, ou pela graça divina... ou pelos três ao mesmo tempo. Ela ficou tão aliviada que enquanto lavava roupa na beira do córrego, uma ou duas semanas antes que meu pai voltasse, me disse como a um adulto:

– Nunca mais nada de mau vai acontecer com você. Agora chega. Você vai embora daqui, não é possível tanto sofrimento ter sido em vão. O príncipe da selva não há de ser uma piada. Você vai voltar para o lugar de onde vieram nossos pais, para os lados do grande formigueiro, entre Onim e Ketu. Está escrito no céu. O que eu canto é verdade.

Com o passar do tempo, passei a acreditar que era de fato verdade. Só não imaginava que a espera seria tão longa. Achava que você viria com minha puberdade, que moveria uma telha e fugiríamos pulando o telhado do convento das carmelitas. Ao sair da adolescência, acabei por esquecer a canção.

Um dia, ouvi Maria, a empregada, cantando na lavanderia com a mesma voz de mamãe.

– Maria Bonita Lazare Mendes, pelo amor de Deus, quem foi que te ensinou esta canção?

Maria só ficava assim febril quando fazia confidências:

– Psiu! Essa canção é mais velha do que o *elevador de Lacerda*. Não a tome por uma simples canção, mas pela senha que os nagôs, os jejês, os iorubás, os minas, os hauçás, os fulanis sussurravam na penumbra, no Corpo Santo e na Barroquinha. Isso já tem bastante tempo. Naquela época, nossos pais não valiam mais do que duas arrobas de *soca* e, por qualquer motivo, eram chicoteados com baraço e pregão no *largo do Pelourinho*. A canção conta uma história verdadeira. Ela há de vir logo, se Deus quiser.

Madalena não tinha dito nada sobre isso. Quiçá não soubesse, ou decidiu me revelar aos poucos, me presentear como uma sobremesa que nunca se termina. Ela só não o fez por causa daquela tosse brava e de tudo o que sofreu depois de cortar o saco do canalha de meu pai.

Eu acreditava piamente, Africano: a canção jamais acabaria. Ela era um caminho inesgotável que a cada tormenta me trazia as coisas mais profundas... Nós nos levantávamos às quatro horas para limpar o altar e a nave e trocar as flores do vaso de cristal que enfeitava o quarto de Madre Elvira. Depois das matinas, servíamos o café da manhã e lustrávamos os vitrais. Maria me repreendia e me instruía, desde o chão de begônias até o escritório do diácono no sótão, em toda parte onde fosse preciso carpir, desempoeirar, cuidar da roupa e das pinturas, até que ela acabasse também por se definhar. Maria Bonita Lazare Mendes, eu a vejo junto de mamãe quando a canção desperta das dobras do meu coração!

Um dia em que desempoeirávamos o confessionário, ela tirou uma estatueta da estante onde Madre Elvira guardava o missal: uma mulher de ouro com uma cabeça de serpente e um enorme ventre de negra grávida.

– O povo de Tegbessou. Foram eles que a trouxeram... Tegbessou? O rei do Daomé. Era aqui que ficavam os que ele mandava para traficar escravos ou comprar *soca*. Muitos príncipes do Daomé passaram por aqui. De pai para filho, de primo para irmão adotivo, uma longa linhagem de soberanos vestidos de ouro, de seda e de túnicas alakas, cintilantes como os reflexos de uma mesma corrente de luz. O povo do *reconcavo* vinha se amontoar nas arcadas da catedral para vê-los andar debaixo das sombrinhas no *Palácio do Governador*, discutindo negócios com o vice-rei. Havia o desfile e o tiro dos canhões. Você entende por que essa canção é tão importante para os negros... Só que você, hi! hi!, parece mais com sueca! Negra um dia, branca no outro, por que ele não te deixa logo verde, esse Exu-cara-de-macaco? hi! hi!

Ela ria, eu ria com ela. Ela é a única pessoa a quem eu sempre perdoei. Ela guardava seu vestido de serviço, punha uma coroa imaginária na cabeça. Seus dedos comprimidos tocavam delicadamente seu anel de bronze e sua lamentável corrente no pescoço. Ela se agitava na frente do espelho, me fazendo acreditar com alguns gestos bem-estudados que tinha nas orelhas dois diamantes verdadeiros e não os brincos baratos que lhe perfuravam os dois lóbulos. Ela se erguia, se balançava, subia a cabeça tão alto que eu não via mais seus olhos:

– E se fosse eu a rainha, a mulher de Tegbessou?... Nós chegamos em cortejo no velho átrio. E quem está lá para nos receber? O padre Caldeira em pessoa, mas ele teve o cuidado de fazer a barba: "Mas claro, senhor camareiro, dirá ele, suas ilustres hóspedes estarão muito bem instaladas aqui. Senhoras, se desejarem, a própria madre Elvira irá conduzi-las aos seus aposentos. Se as senhoras não se incomodarem..."

– E eu no meio disso tudo?

– Você é minha filha, a prometida do futuro rei de Onim. Seu noivo foi jantar com o vice-rei.

– Essa história não tem pé nem cabeça, eu protestava. – Não se pode alojar uma geração inteira no convento das carmelitas. Além do mais, não acredito que os negros faziam a viagem com suas esposas.

– Ora! Você não acredita em nada mesmo. Eu estou aqui, você está me vendo e eu sou de fato a rainha. Os costumes mudaram um pouco, só isso.

– E a estatueta?

– A estatueta eu não sei... um totem, um antigo símbolo de poder e glória... o que quer que ela represente?

– Eles esqueceram aqui?

– A minha opinião é que foi roubada. Aquela cadela da irmã Carolina. Ela rouba tudo!

– Segundo madre Elvira, foi você quem roubou o rádio--relógio...

– Ah não, não me faça chorar com as besteiras de madre Elvira. Você teria visto se eu tivesse roubado. Eu, Maria Bonita Lazare Mendes, tenho minha honestidade... Bem, algumas balinhas de água de flor ou um xarope de *genipapo* contra a bronquite de vez em quando... Ora, por favor, não me faça chorar!

Ela se ajoelhava um pequeno instante acariciando minha cabeça para conter seus soluços:

– Sou um pouco sua mãe, você devia me respeitar. Mas eu entendo, você ainda é muito jovem. Logo vai estar na idade de casar e o príncipe da selva vai chegar passando pelo beiral do telhado... "Onde diabos ela foi se meter? Maria, tem certeza que ela não está escondida em algum lugar perto da sacristia? – De jeito nenhum, madre Elvira. Simplesmente, seu noivo príncipe veio buscá-la ontem à noite. Então não sabia que ela era uma princesa de sangue? De verdade, não sabia?"

Sim, eu era jovem. Hoje sei que tudo o que ela dizia era verdade. Adeus, Maria! Ela cuidou de mim quando minhas crises de vertigem se agravaram. Ela me trazia uma bacia de água com essência de eucaliptos, me deitava em seguida na cama de estrado. Mal podia acreditar que Madalena tinha voltado pra me ninar. Maria tinha o seu cheiro. Ela me dava colheradas de chá e rolava de rir:

– Tem os brancos, os negros, os *pardos*, os *cafuzhos*, os *caboclos*... você não é nada disso, você é uma cor de cada vez, um verdadeiro ciclo de estações. Só esqueceram de te dar uma raça lá em cima! hi!

Quando te vi no meio da multidão com este objeto na mão direita e esta pulseira de figa verdadeira envolvendo seu bíceps, logo pensei nela, na minha querida Maria Bonita, a única que eu perdoei por gozar das malícias da minha pele. Maria Bonita Lazare Mendes, quando a saudade bate, sua imagem me vem com a mesma nostalgia do que a da minha infância na *favela* da Baixa de Cortume. E neste recuo do tempo, nosso bom e velho quarto tem valor de monumento: o penico, o quadro de *Oxala* Nosso Senhor do Bonfim, os pés das duas banquetas que dilaceravam nossas saias, a madeira descascada que servia de gancho no cimento da parede, nossas blusas azuis de pano de chita, os cabides de plástico, o velho fogãozinho e seu cheiro de calamina, além da velha mesa de vinhático de pés tortos! Ainda hoje conheço nos mínimos detalhes o colorido e a disposição das cortinas e do armário do minúsculo quarto que ela chamava sem nenhuma zombaria de palácio das duas almirantes.

A própria Madre Elvira veio bater na porta, padre Caldeira não pôde subir por causa do ciático:

– Maria, você cuida um pouco da pequena? Veja o que pode fazer. Mas primeiro corte o cabelo dela e vê se encontra num bazar algum vestido do tamanho dela.

Maria desceu até a lavanderia e trouxe um jarro de água fresca. Ela me assoou o nariz e lavou minha cabeça.

– Ela ainda é tão pequena, oh! Mas como é pequenininha! O que será que te trouxe para cá? Então nem na terra nem no céu você não tem para onde ir? Aqui a gente morre de tédio. Você não devia ter vindo, viu, não devia.

Na verdade, ela não falava comigo. Era de sua natureza murmurar palavras a respeito de tudo e nada para se distrair enquanto encerava o chão ou fazia algum serviço no jardim ou na cozinha. Ela esvaziou o jarro na minha cabeça, depois levantou meu rosto tomando meus cabelos:

– E você tem mãe, hum? Onde é que ela está, sua mãe?

Naturalmente eu me instalava na cama de canas e deixava para ela a de estrado. Não saberia dizer quantos anos se passaram, mas o cheiro do piso (ela o encerava como se polisse um cristal) da escada que dava para a nave está tão presente em minhas narinas que às vezes ainda ouço as freiras resmungarem suas rezas, como se acordasse lá, no convento São Francisco. O cheiro da cera é inebriante, o cheiro da cera é persistente, mesmo aqui do meu quartinho onde, todavia, não há nada para lustrar, ele é mais forte do que o da *feijoada* da cozinha do Novo Tempo que sobe pelo pátio. Com esta reminiscência posso suportar o cheiro dos excrementos e das cascas estragadas que entra pela janela quando o vento sopra da baía. Ai de mim! Ele ainda não é mais forte do que os aromas balsâmicos de Gerová.

Enfim, não posso reclamar, essa daí nunca se demora quando vem me ver, por causa da escuridão e do perfume de jasmim. Um dia vou abrir minha boquinha suja para dizer na cara dela o que penso das suas maneiras. Vou gritar tão forte que os cantores da praça serão obrigados a aumentar seus microfones: "Que cheiro de jasmim, sua velha suja e gagá? Dane-se a escuridão. Você acha que a essa altura eu preciso ver alguma coisa?" Ela não perde por esperar. Pensa que me intimida porque não digo nada, mas não imagina o desprezo que tenho por ela. Sempre mal-educada quando surge por aqui. Foge para o quarto de despejo prendendo o nariz como se percorresse o espaço de um chiqueiro. Conta e reconta os bubus e os vestidos, se enfurece com os trapos e os fios espalhados no chão, chuta um papelão.

– Que bagunça! Você não quer que a Nalvinha ajude a limpar?

– Não se preocupe comigo, *dona* Gerová. Ainda tenho forças para cuidar da minha pessoa sem a ajuda de Nalva e de mais ninguém...

– Ela é boazinha, a Nalva. Você tem medo que ela tire sarro?

É assim que ela se despede, essa víbora da Gerová: sempre com um gostinho de veneno em suas palavras de adeus. Só arrogância e infâmia por trás da pinta de madame! Passa os domingos em uma casa nas ilhas. No resto do tempo pega o carro ou o avião para qualquer canto do mundo. Quando não tem mais o que fazer, surge aqui para magoar meu coração. E eu com minha covardia de empregada: "Mas é claro, *dona* Gerová, assim que acabar os sapatos de fivela... a menos que a senhora os queira para amanhã de manhã? Até logo, *dona* Gerová, e obrigada mais uma vez pelo açúcar, minha querida *dona* Gerová..." E o que gostaria mesmo era de arrancar suas tripas! Mas sem ela, inferno, o que seria de mim?

Ao sair do convento, não tinha para onde ir sonhar com meu príncipe das selvas. *Dona* Gerová foi pessoalmente me buscar para me oferecer este emprego. Alguém lhe contou que ninguém bordava um sapo chinês ou um olho-de-perdiz como eu. A batina do padre Caldeira, as rendas das mesas do refeitório onde jantavam as irmãs, eu tinha bordado sozinha. Primeiro, o padre Caldeira se mostrou furioso:

– Mas quem foi que te pediu isso, criatura?

Depois ele percebeu que aquilo o deixava elegante. Porém Maria, toda perturbada:

– Vender aos alfaiates da Piedade, era isso o que você deveria fazer! Ai! Nosso Senhor do Bonfim, eu nunca vi bordados tão finos!

Ela não se dava conta. E, no entanto, ela sabia que nenhuma de nós duas podia pôr o nariz para fora, exceto para comprar pão no turco da *praça* Anchieta, que era o mesmo que fazê-lo no nariz de padre Caldeira. "Vocês moram em um convento", repetia ele, "e não no saguão do *elevador de Lacerda*. Quando se tem a sorte de viver na casa de Deus, não é preciso saber onde se encontra a saída. Façam como me vêm fazendo: trabalhem e rezem para conjurar a tentação. Lá fora vocês não têm ninguém, sequer para enterrá-las." Ele exagerava um pouco. Eu ainda tinha Lourdes e Ignacia que deixei depois que enterramos Madalena – e Lourdes, eu a veria bem mais tarde, nos degraus da estátua. Mas e Maria? Eu me constrangia em dizer, mas, para mim, ela era uma ilha envolta pelo mar da sua resignação. Teria ela tido uma mãe, um chocalho, uma ameaça de escarlatina, uma irmãzinha talvez? Seu espelho, suas roupas em frangalhos, tudo o que lhe pertencia vinha da caridade das freiras, exceto seu coração e a opulência orgulhosa da sua carne. Ela virava a cabeça roendo as unhas quando eu usava da nossa intimidade para desenterrar um fiozinho do seu passado:

– A-la-goas! Eu venho de Alagoas. Veja para os lados de Maceió. Qualquer um que você cruzar por lá vai falar desta fartura de carnes chamada Maria.

Então eu parava de fazer perguntas porque sentia uma torrente de lágrimas arder em sua voz.

Veio o maldito Dia de Assunção. Eu estava ocupada no jardim podando os hibiscos. De repente ouvi no corredor o som das solas de ferro do padre Caldeira. Ele vinha agitado feito um diabo:

– Esqueci que o bispo vem jantar esta noite. Você sabe onde diabos está Maria? Preciso de alguém para descer a mesa de madeira e os pratos de porcelana. Então não sabe onde posso encontrá-la?

Corri para perto da mangueira para lavar as mãos, depois procurei embaixo do caramanchão, na sacristia, no refeitório... Estava me dirigindo à biblioteca quando a vi, dobrada em V por cima do tanque da lavanderia, o peito esmagado contra a mureta e sua cabeça inteira abaixo do nível da água.

À noite, todos se reuniram no palácio das duas almirantes para velar Maria em volta de sua cama velha. Envolveram-na com guirlandas de orquídeas e sempre-vivas em botão. Depois de jantar com o bispo, padre Caldeira veio ter conosco. Todos falaram dela longamente. Minha vontade era jogar o penico na cara deles, mas, como se ouvissem meus pensamentos, eles tentavam me desarmar fingindo gentilezas: "Veja por si mesma o poder de Cristo. Esqueça sua dor e refugie-se em sua misericórdia. Estaremos sempre aqui para te guiar e amparar."

No dia seguinte, havia um pequeno carro fúnebre. Nós o seguimos a pé até o cemitério de Nazaré. Fizeram uma oração e plantaram uma cruz de madeira de cidra na sepultura. Cobriram-na novamente de elogios. Eu repetia todo o palavreado, mas pensava em outra coisa: "Faça com que ela não esteja morta, Nosso Senhor do Bonfim. Faça com que, como na canção, ela esteja perto do grande formigueiro, que celebrem seu retorno com cantis de vinho de palma e tambores de cerimônia."

Herdei sua cama de estrado, sua camisola, suas luvas e segui seu mesmo caminho, inelutável e fastidioso, do jardim ao sótão. Depois o tempo passou sem que eu notasse. A puberdade me surpreendeu e, com ela, os primeiros sinais da gravidade da minha vertigem. Passei a sufocar, a vomitar sangue. Apareceram lesões em minhas pernas e formigamentos eletrizavam meus bíceps. Passei a desmaiar e a confundir datas. Uma manhã, bateram na porta porque esqueci de me levantar. Padre Caldeira fez o esforço de subir, apesar da sua ciática, mas ficou na varanda, acotovelado no corrimão empoeirado das escadas. Só madre Elvira entrou com uma xícara de infusão de bálsamos. Ela me acariciou a cabeça e pareceu sincera ao chorar copiosamente a minha sorte. Mediu minha temperatura e massageou meu peito. Como era agradável ser bem tratada, fiquei feito pinto no lixo. Mas logo compreendi sua armadilha:

– Está vendo o estado em que se encontra? Precisa descansar. Sim, trabalhar um pouco menos do que aqui. Aliás, não sabemos o que mais você poderia fazer por aqui. Mas não se preocupe, encontramos um lugar onde não terá como se cansar.

Madre Elvira fez sinal para o padre Caldeira e uma mulher entrou.

– Esta é *dona* Gerová. Ela tem uma loja de costura que exporta para os quatro cantos do mundo. Você vai embora com ela. Pode voltar quando quiser para nos visitar e passear no jardim. Não fica muito longe, é logo ali em cima do *largo do* Pelourinho.

Prepararam minha trouxa e fui embora com Gerová. Do outro lado da varanda vi uma *cafuzha* com cinco crianças serelepes que ocupariam meu lugar, nosso lugar, o palácio das duas almirantes.

A loja de costura? Puro vento, apenas parte do teatro. Ainda hoje Gerová emprega mulheres que costuram a domicílio. Uma vez que elas terminam, eu bordo tudo neste quartinho sujo e exíguo de quatro tostões, que nunca recebe luz de fora, luz que por sinal já nem preciso mais. Aprendi uma outra forma de observar o mundo, mas não digo a ninguém. Oh! Há muito tempo que não digo nada além do necessário para evitar problemas. "A senhora acha que estão engomados ao seu gosto, madre Elvira?... Vai precisar de uma borboleta estampada para as túnicas africanas, *dona* Gerová. Então entregue para a Nalva para que ela faça um esboço e volte amanhã à noite para ver a maravilha que vou fazer para a senhora, *dona* Gerová." Nalva, aquela biscate! Lá pelo dia vinte do mês recebo minha provisão de *charque*, ovos, farinha, feijão e alguns pedaços de carne que guardo no congelador do Novo Tempo. Nalva sente o cheiro de comida desde lá da *Pitubá*. Ela sai correndo para buscar Sergio-chorão e um ou dois cachorros do Maciel. Eles se fingem de santinhos para eu abrir a porta: "*Dona* Gerová pediu para trazer este pacote de túnicas. Precisa costurar com fio mercerizado antes de segunda-feira que vem." Psiu! Não trouxeram nem túnica nem calças bufantes. Sequer viram *dona* Gerová durante o dia. Eles se vão dando risadinhas e eu perdi pelo menos metade das minhas preciosas provisões. "Venha hoje à noite dançar um sambinha na Bênção, Leda-pálpebras-de-coruja! Não é de se espantar que sua luz foi parar nos olhos de outra pessoa!" Me encolho na cama ou me forço a bordar o dobro para não os ouvir zombando de mim na praça. Minha vontade é de dar uma vassourada ou um pontapé na bunda deles, mas me entrego a *Xango* para que ele os destrua com seus rojões nos próximos dias. Rezo também a Exu e *Oxala* para que as roupas de Gerová não custem mais do que uma casca de laranja em todo e qualquer mercado desta terra que ainda gira.

Exu, meu doce amigo, a você eu me dirijo. Obrigada por me deixar ver sem abrir meus olhos. "Perfume seu coração e tenha paciência. Exu vai fazer o resto." Foi o que fiz sob o segredo de seu manto pintado de preto e ouro.

Quando te vi, belo príncipe, com sua pulseira de figa, pensei comigo: "Agora está feito, o que diz a canção é verdade." Te segui por toda parte, no Carmo, na Piedade, transbordando de alegria. Mas quando notei aquele infeliz indivíduo no seu rastro, compreendi que já não podia fazer muita coisa por você...

CAPÍTULO III

Então aquela mexeriqueira da Rosinha deu um jeito de contar que você escrevia livros. Por isso prometi a mim mesmo descolar um outro camaradinha para matar o tempo. Minha experiência me diz para nunca seguir malandro mais malandro do que eu. Veja os *gringos*, por exemplo: ingênuos ou desenvoltos, eles são todos iguais logo que descem do avião. Rejuvenescidos, simples, mil vezes fáceis de conviver. Não vêm criar complicação. O que tenho a oferecer é exatamente o que procuram. E eles estão cobertos de razão, afinal, não vejo como alguém sensato pode ficar com histórias quando eu chamo para passear e curtir a cidade. A concorrência nem percebe nada. Só o que ela sabe fazer é contar groselha sobre os malfeitos da História e tecer epopeias sobre aquele pobre Álvares Cabral. Eu que não li nenhum livro, conheço de cor o que dizem as fachadas das igrejas, o segredo do asfalto, dos *solares*, dos *sobrados*. Razão pela qual, Escritore, eu me dava tão bem com os *gringos*. Jantar no *solar de* Unhão, assistir ao sol ser engolido na baía bebendo uma boa *caipirinha* no terraço do Mercado Modelo, fazer um piquenique na praia da Misericórdia, ai, Escritore, isso não tem nada de profano! E depois, por que esconder? Terminar a noite num delicioso motel com a garota dos sonhos... Isso é o que sei fazer e o que atrai os *gringos*. Sabe por que, Escritore? Porque eles são como todos devem ser: concretos, equilibrados, alegres por qualquer bobagem, desde que cada um receba a sua parte do combinado.

Você não, você queria engolir o mar e mais um pouco. Por que veio perguntar a mim este maldito caminho que leva à *rua do Alvo*? Nosso encontro foi selado pelo azar, tendo em vista a má sorte que desde então caiu sobre mim. Deveríamos ter desconfiado um do outro, nos distanciado um do outro como dois asteroides, que cada um girasse por si só e não se falaria mais nisso. Quanto fiasco, *meu pai*, tanto para você quanto para mim. Você terá perdido a vida, e eu, o que terei ganhado? Do que não morrer de fome, é claro, mas também e sobretudo, Escritore, um imenso abismo interior. Vou me arrepender de ter guardado os maços de Hollywood e os vinte e nove bilhetes de ônibus, além de algum dinheiro para as ervas do Juvenal que você me oferecia quando te dava na telha. Enfim, mais do que sua morte, a singularidade do seu ser me afetou. Seus gestos mais simples – ah! a arte que tinha de mastigar sua cerveja! – me pareciam inoportunos. Você se lembra daquela madrugada em que saímos da Cantina da Lua e você me pediu para te acompanhar ao *solar de* Unhão para ver surgirem os fantasmas dos escravos? Eu reparei no Samuel com seu chapéu Nagô, uma escova de dentes e um tubo de colgate na mão, tentando escovar as gengivas do bando de cachorros que rondava em volta da igreja. Eu disse: "Dê-se por feliz, Samuel Armando de Saldanha, você não é mais o mais louco de todos. Agora você tem um novo concorrente ameaçando pegar seu posto."

Primeiro eu achei que sua história de figa e homens mortos por uma árvore tinha sido tirada de um destes livros de fadas e princesas que se transformam em lobos. Mas não. Você repetiu ao Samuel, ao Balbino de Rojão, a Nalva, ao Sergio-chorão, enfim, a todos os moradores do Pelourinho. Até ao Preto Velho, sem nenhuma consideração por seus cabelos brancos. Você veio com um discurso pomposo sobre seu bracelete e todo mundo deve ter pensado: "O que esse cara quer nos fazer engolir? É só ir na feira da Piedade para encontrar centenas, e em melhor formato do que o troço que ele está mostrando." Eu mesmo revendi um monte para os alemães a pedido do Jerônimo, que tem uma lojinha de brinquedos chineses. Um mau negócio, aliás: quatro mil e trezentos cruzeiros a dezena e somente doze por cento de comissão...

Seu bracelete, um assunto de ouro para Samuel, que misturava com suas histórias de profeta. Preto Velho, por outro lado, ficava todo sério. Pegava uma cadeira e se sentava nela ao contrário. Escutava sem dizer nada, esquecia do seu cachimbo. Parecia que tudo aquilo lhe pesava, que doía nele. Até que um dia ele me pediu para trazer, só para experimentar, a especialidade de Cachoeira, uma velha garrafa de *cachaça* envelhecida no escorpião.

– Que história esquisita essa sua, Escritore. Acho até que já ouvi alguém contar coisa parecida. Vá conversar com os velhinhos das ilhas ou com os de Maragogi. Com certeza eles devem saber de alguma coisa.

No dia seguinte, na *praça da* Cruz de Pasquale,[6] você me implorou com um descaramento digno de uma criança:

– Me ajuda, você é o único que pode me ajudar. Vamos primeiro procurar aqui. Mais tarde vamos ver em Cachoeira, Maragogi e *Ferra de Santana*. Tenho certeza de que eles estão aqui, entre as velhas pedras da cidade e as águas azuis do oceano.

Pela primeira vez te levei a sério. Você tinha de fato primos no *reconcavo*. Então resolvi te ajudar, só para você não endoidecer de vez. Foi assim que voltamos ao *barzinho* do

---

6 Referência a Pasquale de Chirico, autor de inúmeros monumentos em Salvador. Não há, contudo, registro de praça com este nome na cidade. [N.T.]

Preto Velho onde você falou durante horas a fio. Eu fazia cara de quem ouvia atento, mas sua história era tão confusa que acabei me levantando completamente enfastiado:

— Olha, Escritore, nós temos tempo, viu. É melhor parar por aqui esta noite. Vamos beber uma cerveja. Depois eu vejo o que posso fazer. Porém quanto às ervas do Juvenal...

Decidi me implicar quando você me garantiu este ponto essencial.

Mais tarde te encontrei de novo. Você estava sentado nos degraus da *casa* de Jorge Amado escutando um *trio elétrico* misturado com o espetáculo de Samuel. Te arrastei feito um papelão até o *barzinho*. Exagerava no entusiasmo:

— Ó, Escritore, tenho uma notícia de primeira mão.

— E por que não me diz logo? Coma uma coisinha para ficar mais calmo.

— Um *caldo de sururu* e uma cerveja bem gelada enquanto esperamos as coisas se esquentarem na cozinha, isto é, se é que ainda resta *sarapatel*. Não sou o parasita que pintam por aí, Escritore, são as circunstâncias. O que todas essas más-línguas que se dizem respeitáveis fariam se pulassem o jantar ou o café da manhã? Confessariam ter matado Jesus Cristo só para poder comer.

— Peça o que quiser.

— Eu imagino, Escritore, que você tenha pedido, como de costume, um prato para o pobre Samuel, algo como um *bife do molho*, por exemplo. Por que não aproveita e pede para mim também?

— Está certo. Quando tiver engolido e arrotado feito uma mula, você desembucha suas preciosas confidências.

– Samuel deveria fazer como eu: comer para evitar aborrecimentos. Desde que Jesus Cristo anda com ele, está magro feito um esqueleto. A carne e o espírito podem andar juntos. Era o que eu tentava explicar ao Juanidir outro dia. Mas esses senhores celestes esnobam os terrestres.

– Conheço terrestres que não valem muita coisa.

– E, no entanto, Escritore, sem mim você está perdido. Sou o único que pode te ajudar a se orientar. Estamos condenados a nos entendermos: se você conhece as coisas, eu conheço a cidade. O código da cidade está nas mãos de nós outros, dos pequenos, dos malandros, dos que sabem farejar e se arrastar quando preciso. Conheço os carregadores e os mendigos, os vendedores de velhos suspensórios, os formadores de opinião. Sou amigo dos marinheiros, não tem *barrio* que eu não conheça. Podem cercar os palácios ou mutilar as linguarudas, a vida sempre vai me dar o que falar.

– Quero fatos!

– Talvez eu tenha algo. Mas, neste tipo de situação, é preciso partir de uma base sólida... Hum! Mais sólida do que sua figa e sua lenda. Um indício. Por exemplo, o nome, o sobrenome ou o último endereço conhecido. Mas você só me vem com essas baboseiras, esse papo furado de Oyo, Onim, Ketu, Ifé, árvore de pão ou baobá, homens de madeira morta...

– Os que a árvore matou!

– Isso é um indício?

– Enquanto você me enrola eu te encho os bolsos.

– E se fosse eu a vítima da árvore? Tome cuidado, todos nós podemos provir da mesma raiz. Isso mesmo, talvez eu também seja da família, um daqueles que você perdeu de vista depois da história da árvore e do rebuliço no oceano. Porém o que ganhamos com isso: um macaco-de-gibraltar, joias, um trono de rei? Você ganha em todos os aspectos: um capítulo sobre a memória, além dos direitos autorais. Não é verdade, Escritore?

Preto Velho escutava atentamente tudo o que dizíamos. Quando já não se aguentava mais, ele se agitava entre as fileiras das mesas:

– Ele tem razão, Escritore. É preciso investigar, encontrar o início e a sua continuação. Não é uma questão de muco, mas de sangue, poxa vida. O sangue não se perde em qualquer lugar e, ainda que se perdesse, seria preciso encontrar esse lugar. Quanto a mim, como se pode ver, não preciso de investigação. Foi uma velha coroca do Moçambique que fez a mãe de minha mãe. A prova: eu sou aquele que se chama Preto Velho!

Por infortúnio, sempre aparecia um cretino, Palito, Careca ou qualquer outro para contradizê-lo:

– Você não é mais moçambicano do que eu cossaco. Nós somos do *reconcavo* e temos todos fogo no rabo por causa de tantos temperos e de uma deslumbrante mestiçagem.

Preto Velho já empunhava suas luvas de boxe empoeiradas que ficavam suspensas na prateleira de garrafas:

– Quem disse isso que venha me encontrar na rua! Com setenta anos ainda quebro um coco com as mãos. Saibam esses insolentes que agora eu fiquei nervoso. Quem de vocês, bastardos do Pelourinho, ainda se lembra do ano passado? E mesmo do que fez ontem? Todos estavam tão bêbados que sequer sabiam seus nomes. Escritore, você fez muito bem de vir. Refresque a memória desse povo, doa a quem doer.

Eu sabia como amansar a fera quando se zangava:

– Mil garrafões empalhados em respeito aos seus pés! Fique calmo, Preto Velho. Estamos todos aqui no aconchego do seu bar para tentar entender a situação. À luz da sua experiência...

Eu me levantava e espiava os outros à espera de uma barulhenta aprovação. O que o levava a retirar as luvas e a servir um copo.

– Estou mentindo? Eu prosseguia com tudo já mais calmo. Mas tem uma coisa que não consigo entender: por que eu não posso vir do Moçambique também? Nada no meu rosto indica que venho do Congo ou do Daomé. Por que eu preciso quebrar a cabeça para responder essa pergunta? Só sei de uma coisa: a mãe de Mãe Grande é de Cachoeira. Ela ainda está lá num túmulo do cemitério dos escravos.

– Assim tão perto?

– Assim tão perto, Escritore.

– A África tampouco é longe. Ela está bem perto daqui, na verdade, do outro lado do mar, por assim dizer, é a porta da frente.

– O que você está contando é muito antigo. O tempo não possui tantas gavetas para guardar tudo o que acontece. Olha, Escritore: a *rua* Alfredo Brito recebe a poeira e a sujeira dos cachorros. No dia seguinte, a chuva leva tudo e, da próxima vez, uma outra chuva, outras sujeiras de cachorro. Desculpe, Escritore, mas me recuso a ver as coisas de outra maneira.

– Você disse que descobriu algo novo, sobre o *Relampago*.

– Foi a velha Luciana que contou. Ela vende *acaraje* no largo do Campo Grande e disse que leu num jornal.

– Então?

– Então eu acreditei nela. Até o dia em que a vi segurando um papel de ponta-cabeça fingindo ler um jornal.

Seu semblante ficou tão devastado quanto o de alguém que acabou de ter o filho sequestrado.

– Não faça essa cara, Escritore. Sei que não tenho fama de homem íntegro, mas, tenha bondade, não posso aceitar lorotas malcontadas de terceiros. Luciana não sabe mentir. Eu não fui muito cuidadoso, só isso. Ela me disse: "Se entendi bem, é o nome de um barco. Parece que ele afundou num náufrago. Muitos cadáveres de escravos foram encontrados pelas praias. Mas depois não houve mais barcos deste tipo".

Você se zangou. Se tivesse um machado na mão, teria lançado em meu umbigo. Mas sempre esse seu desdém pelo confronto, desdém que acabará por te arruinar. Sim, eu abusei da sua boa vontade e paciência. Seu percurso é simples: nascer e ver a vida brilhar. Você nunca soube o significado da palavra "circunstância". Eu tinha que comer, me virar para comprar as ervas do Juvenal que nunca curaram nada além da miséria do seu charlatão. Ao ouvir sua conversa fiada, acabei me convencendo de que, se jogasse sujo, ganharia mais do que um copo de cerveja quente. Por exemplo, um dos traveller's cheques que eu sabia que você escondia no quarto da pousada da Hildalina. Mas eu queria jogar limpo: um maço de verdinha em troca de uns documentos e, é claro, a amizade e a fraternidade que, vindas dos ancestrais, fazem com que, haja bomba ou granizo, o negro continue irmão do negro, principalmente se o contexto for difícil e houver grana envolvida.

Não me passava pela cabeça a ideia de trapacear. Se quisesse, eu já teria te dado uma lição. Era só escolher o modo: punhal com bainha de quati para parecer elegante, Beretta de cano cerrado pela eficácia e melodrama; te entregar feito pasto a um desses bandos de marginais que ficam rodeando o *terreiro de Jesus*, os irmãos Baeta, por exemplo, para redobrarmos os calafrios. Ora, não exageremos. A simples vista do meu punho já bastaria para te pôr no chão. Isso porque você era do tipo forte, dava para ver que coragem não te faltava. Mas talvez você nunca tenha conhecido crápula ou puta que te ensinasse o que vale de fato um corpo.

Não, eu não te desprezava, mocinho confuso, pelo contrário, até gostava um pouco de você, sobretudo do seu charme de grande príncipe do Daomé um tanto fora de moda, ah! E eu? Você procuraria me rever se não pensasse consigo: "ele é o tipo de personagem necessário para elucidar o mistério da figa. Não poderia encontrar nem mais teatral nem mais dócil?" Você não devia pensar diferente. Por isso, aproveitei sim para te levar na conversa. Tenho certeza que você preferia o Samuel, questão de feeling, se entende o que quero dizer. Sabe o que ele anda dizendo depois que você morreu? Que não vai perder tempo chorando por você. Segundo ele, você não é uma besta humana divagando sob dois pés, mas um puro e simples espírito, o mesmo que anima os santos: Jesus Cristo, Gandhi, *Oxala* ou qualquer outro. Ele já te esperava mais ou menos antes de sua chegada. Na sua lógica, você, os deuses dogons, Moisés e Buda são tudo a mesma coisa. "Outros virão da África e você não vai perceber nada com este seu pobre orgulho que te consome, Pôncio Pilatos dos subúrbios! Não sei o que Deus pode fazer para te tirar desta cegueira." Porque, é claro, o profeta previu tudo: que você beberia uma cerveja no Banzo, que nos magoaria o coração com nosso destino de negros e que seria morto nas imundícies da *rua do Alvo*, aumentando com as gotas do seu sangue a lista dos nossos mártires. Como sempre, nós outros, tolos, não acreditamos. Como haveríamos de acreditar num homem que prevê o apocalipse cada vez que sai do banheiro? Deixo você calcular quantas vezes isso aconteceu desde que, desgostoso do álcool, ele passeia por aí com um galão dessa água emporcalhada do *terreiro de Jesus*, alegando que ali estão representados os cinco rios que alimentam a baía. "Beba, esta é do Paraguaçu; esta outra é do Rio Vermelho..." Como ninguém aceita beber, ele te molha os pés e as costas murmurando litanias e passando seu colar de conchas entre os dedos. À noite, nós o ouvimos da copa das árvores: "Sou o novo Messias, o último enviado do céu, mas vocês têm o diabo no corpo, são uns depravados. Para começar, acabem com o cinema *Embaxo de Sapateiros*. O adultério ainda vai, mas o que dizer do pornô?" Nossa vontade era quebrar a cara dele para podermos dormir um pouco. Mas Preto Velho interviria. Ele se vira do avesso para satisfazer os desejos de Samuel... Preto Velho que é tão duro!

Entre nós, Escritore, trata-se de outra coisa. Somos da mesma família – o negreiro não pôde evitar –, mas não do mesmo mundo. Isso eu percebi quando te levei comigo para visitar Mãe Grande. Janaina peneirava a farinha de mandioca. Você olhou meu casebre sem surpresa: aquele quarto exíguo que em tudo se parece com os outros, com todos os outros quartos deste fim de mundo sujo, cinza e mortificado. Tão cinza e mortificado que é difícil acreditar que fica a dois minutos da praça onde se dança sem razão, especialmente nas noites de Bênção. Foi lá que eu nasci, não numa cabana de príncipes. Lá, entre o antigo *solar* (que foi também um hotel nas palavras de Mãe Grande, um hotel frequentado por *gringos* diferentes dos meus) e o armazém do mestre Careca com a insígnia em azul elétrico *AULAS DE BERIMBAU E VENDAS DA ARTISANATO*. Entre dois degraus lascados e duas placas de madeira comida por vermes, eu te mostrei o caminho que, de tão estreito, só dá para ser percorrido de lado, a despeito de qualquer esforço.

Chegamos no pátio obscuro, cercado por arbustos de *cajá* e bananeiras. Você disse:

— Quanta esperteza. Uma bela retaguarda. Só um feiticeiro para adivinhar isso daqui vindo da rua.

Precisei te guiar pelas pedras, desviando dos muros, dos pneus usados e dos frascos de desinfetante espalhados pela criançada... Atrapalhado Escritore, você nunca soube encontrar sozinho o caminho da minha infância! Às vezes subia até a Cantina da Lua auscultando as ranhuras e os interstícios do chão, sem ver nada daquele caminho: "O caminho que leva à casa de Mãe Grande? É esse aqui, eu acho..." Mestre Careca também não tinha tanta certeza quando abandonava suas pinturas para vir te ajudar. Dava para ver a fração de segundo que ele precisava para se lembrar que Mãe Grande ainda estava viva e, naturalmente, em sua casa, de modo que existia um caminho que levava até lá.

Ao entrar no quarto, você exclamou:
— Meu Deus do céu, é o sésamo de Ali Babá.

Ah, Escritore, como você tinha razão. Eu controlo todas as aberturas, até a dos corações aflitos. Credores ou milicianos, ninguém ousa me seguir até aqui, tirando Samuel, é claro... e você, Escritore, já que somos da mesma família, antes mesmo de Ndindi-Furacão e dos dissabores do baobá. O quarto. Quando era pequeno, sabia desaparecer ali feito nuvem de fumaça. Vinha me esconder quando fazia alguma travessura no *largo do* Pelourinho. Diziam que eu era turbulento, muito mais do que se diz hoje de Sergio-chorão, esse trombadinha que sabe dezessete maneiras de chorar para tirar a pele dos turistas. Sabiam que eu podia virar um bicho feroz depois que ceguei Leda-pálpebras-de-coruja. Eu era o pavor de Querino, um zé-ninguém que vendia laranjas na esquina da *rua* Padre Gomes. Eu mandava um moleque pechinchar para distrair o asno e chegava por trás da banca para embolsar o dinheiro. Depois zarpava depressa fugindo das frutas que ele me atirava. A mesma coisa quando eu roubava uma bolsa ou quando uma mocinha gritava por eu tê-la apalpado nas arcadas da igreja.

    Aos sete anos, fui elevado à categoria de chefe do bando. Ganhei meus troféus por armar o esquema do roubo da padaria da *praça* Anchieta, mas também – e, estranhamente, ainda me orgulho disso – por destronar Samuel, muito mais velho do que eu, cortando a palma da sua mão com um pedaço de vidro. Um duelo por um motivo já esquecido, mas que marcou minha geração e as que se seguiram. Samuel e eu crescemos nos medindo pelo punho. A vitória que me fez rei era mais do que uma vingança. Até então, Samuel tinha imposto sua lei. Ele me arrebentava a cara pelo menos três vezes por dia. Vinha me buscar na porta da casa de Mãe Grande. "Meu nome é Samuel Armando de Saldanha. Estou aqui para aplicar uma correção em sua progenitura. Na minha idade, eu me recuso a ser insultado sem reagir feito homem: teria que deixar o Pelourinho sob os latidos dos cachorros. Saiba que eu não saio daqui sem realizar o que prometi. Sei que ele está escondido no cesto de roupa. Eu, Samuel, tenho uma paciência de elefante. Que ele fique plantado lá dentro até criar raízes."

    Agora, quando olho Samuel, tudo isso me parece de mentira: a lembrança de um filme antigo que teríamos visto juntos comendo *cocadas*. *Meu pai*, quantas vidas diferentes, fascinantes, contraditórias nas costas de um só homem! Como se muitos seres tivessem crescido, sofrido e ressuscitado na mesma pele. O Samuel de antes, o de agora, o de cada um dos anos entre esses dois extremos, cada um é diferente dos outros pelo físico e pelas injúrias. Sem brincadeira, seria bom fazer um teste sanguíneo para confirmar que aquele que me aterrorizava antigamente é o mesmo que hoje se debate com cães e pássaros e a quem essa cambada se curva coberta de remorsos e piedade.

Para quem conheceu Samuel, era sabido que seu destino só poderia levar a três situações: ter um ponto de droga, virar mestre de capoeira ou afundar na demência. Ele tentou de tudo, é verdade, mas só deu certo no campo da loucura. Todavia, de dentro dele emana tanta verdade e força que não se pode deixar de admirá-lo. É ele que traz ao cemitério – fácil, vão dizer, para quem vive sob as árvores! – a mais bela coroa de flores em todos os enterros. Talvez ele ainda te visite no cemitério de Nazaré. Quanto a mim, jamais pus os pés lá. Não gosto de cemitérios, mesmo que ali estejam sua múmia ou o tesouro dos Incas. Se tivessem me escutado, você teria sido enterrado aqui, no *barzinho* de Preto Velho, entre o degrau rachado do banheiro e a cadeira de *jacaranda*. Eu teria inclinado sua cabeça para esta parede trabalhada pelas aranhas e também pelas patas de mestre Careca. Aqui, mais do que em qualquer outro lugar, posso te sentir e te imaginar, a menos que se acredite em Samuel Armando de Saldanha, ou seja, que você já está na África, lá, no Daomé, na sua cabana de príncipes e nos seus campos de milho: em Nazaré só restaria um buraco horroroso para os mendigos, já que você só deixou pra trás os ácaros e a sua mortalha.

Eu bem que poderia ficar sonhando com uma sorte dessas, mas já ouço Samuel subindo a rua:

– Que todos os rios do *reconcavo* refluam no *terreiro de Jesus*!... Oi, Preto Velho!... O Senhor não aguenta mais esperar. Estou chegando da *rodoviaria*. Só vejo abelhas e vespas. O diabo está se preparando em *Matutu*[7]. Um *barrio* deverá cair entre as correntezas da baía e todos esses ônibus que vejo debandando para a Amazônia vão capotar antes de chegarem no *Sertão*... Preto Velho, prepare um bom *caldo de sururu* com suas próprias mãos. Dos seus pecados eu me encarrego, ainda resta uma pontinha de esperança. Você presta mais do que os outros. Nos outros, nem a misericórdia de Deus pode dar jeito.

– Senta, Samuel Armando. Só peço que não me encha a privada de flores de bananeira ou cacos de vidro.

– Você permite que o Espírito Santo descanse um pouco?, diz Samuel se sentando perto de mim. – Obrigado, Preto Velho. Vou cobrir essa criatura de Mãe Grande com minha aura. Não se preocupe: ela vai viver mais tempo do que você, mesmo sem cabeça. Já você, nunca é demais rezar por sua pobre alma. Oh! Não, não estou aqui para te converter! Você é o mais ferido, o mais ferrado de todos. São tantos os seus pecados que os anjos já até perderam as contas. Você já estava ferrado na época em que nos estapeávamos na fossa da *rua* Alfredo Brito. Vou dizer por que você está ferrado: ou não tem alma ou nunca se deu conta de que poderia ter uma. Você já amou na vida? Já pensou que pode ser outra coisa além do que finge ser e isso é o que reprime sua alma como os ferros de uma prisão? Liberte-se de si mesmo! E acordem para vida, vocês outros, estamos mudando de milênio! Me digam um só gesto que tiveram com um real sentido. Vocês só vão à

---

7 Provável referência ao bairro Matatu, em Salvador. [N.T.]

igreja para implorar por comida. A igreja é um vício do diabo. Deus pede que nos levantemos em vez de construirmos muros. Vejo o grande véu inchar e se encher de veneno. Ele bate e se contorce. A terra se arrebenta em mil pedaços!

Os outros, que não são loucos, já entenderam a vantagem que podem tirar da demência de Samuel. E fizeram dela um verdadeiro show business. Tem até assistente para enfileirar as pessoas em uma alegre ala de honra, quando ele aparece na esquina da ladeira do Carmo com seu cajado pastoral e seu inenarrável rosário.

– O Senhor está esperando! Grita ele até calar os cachorros.

Em seguida, sobe a praça com toda a pompa, seu bom e velho chapéu nagô e sua túnica larga e colorida. Uma garota com fantasia de carnaval se aproxima, o leva ao palco e lhe estende o microfone:

– Para onde vai o caminho?
– Para o calvário!
– Quem abençoou meu cajado?
– O Redentor!

É Sinatra, o concorrente do Papa, o guru e estrela de rock! Pobre Samuel! Talvez um dia nos explique por que tem tanta mágoa do relógio da Piedade, a menos que sua demência não crie outros demônios, outros ídolos para combater. Às vezes, sinto pena por ele ter se tornado tão ingênuo, por não podermos ir juntos de vez em quando na fossa da *rua* Alfredo Brito como nos velhos tempos. Pois eu digo a você, Escritore, muitos bandos se perderam desde que você foi para o saco.

CAPÍTULO IV

Ignacia teve a boa ideia de recorrer ao padre Caldeira. Pelo menos ela acreditou que era uma boa ideia. Tentei não guardar mágoas. Se estivesse no seu lugar, certamente teria feito o mesmo. Concordo plenamente com o que dizia Madalena: "Só os ricos têm escolha. Nós outros nos contentamos com as sobras." Teria perdido meu tempo me perguntando: devia ficar ou ir embora? Os laços que nos uniam eram sólidos feito fios remendados, costurados na amargura e na promiscuidade. Poderíamos ter continuado a viver juntas, afetuosas e alegres, mesmo em meio à miséria que nos rodeava. Só que isso não foi mais possível depois do que aconteceu na fossa do lixão.

Ela pensou muito antes de me anunciar sua aterradora intenção. Durante várias noites seguidas, acreditou ter encontrado a chave do enigma, que se desdobrava em um novo impasse à luz feroz da manhã. Ela voltava a chorar:

– Ai, minha cara Madalena, vou ter que fazer uma besteira! O que você vai pensar de mim depois disso? Oh! Meu coração vai ficar apertado depois disso! Depois disso, ora, que *Xango* vá direto ao ponto e me atinja a cabeça com seus raios, assim não penso mais na coisa horrível que vou ter que fazer.

Ela assoava o nariz em cima do braseiro, levava a tocha até o canto do cômodo onde Lourdes se encontrava deitada a fim de ajudá-la a vomitar um jato de sangue.

– E você desse jeito vai acabar morrendo. Nunca vi alguém se esvaziar assim de sangue, como se tivesse engolido o chafariz de Campo Grande. *Maeninha*, está me ouvindo, Lourdes

Maeninha, tem que te sobrar sangue para que eu te sinta viver um pouco.

Ela repousava a tocha e voltava a sorrir resmungando alguma coisa, remexia na bolsinha, tirava um cachimbo de barro e um cone com tabaco barato. Enquanto isso, eu torcia meus dedos do pé, abaixava a cabeça, mordia a ponta da cordinha da calça com a alma entorpecida, neutralizada pelo cansaço e pela vergonha. Quisera eu sumir daquele lugar onde estava sentada, esperando que a terra se abrisse de um instante a outro para mergulharmos no abismo, eu, meus arrependimentos e minha cadeira. Quisera eu nunca ter tido uma mãe, um barraco, felicidade no dia de Ano-Novo, um canto do lixão para correr. Quisera eu não ter tido amiga, nem bambolê, nem o anel de prata que achei no córrego e nos permitiu, naquele ano, comprar fantasias para pular o carnaval. Nada, nem mesmo a imagem da Virgem que ganhei no concurso de bordados que o capelão organizou...

Ignacia fazia um barulho de couro estalando ao abrir com os dentes a garrafa de aguardente. Tomava primeiro dois grandes goles e depois se sentava no capacho. Esticava suas pernas gordas deixando seu busto bater contra a divisória de alumínio e mamava a garrafa como um bezerrinho a teta de sua genitora.

– Ei! O que está esperando para ir buscar sua mãe? Você acha que eu aguento tudo sozinha?

Eu percebia que seu cachimbo tinha caído, que havia cinzas na tigela de *vatapá* e que o fogo tinha consumido um ou dois pelos do tapete. Afastava seus pés do braseiro, punha um travesseiro atrás da sua cabeça. Ela tocava meus cabelos com uma mão mole:

– Sua mãe não vem. Não quer terminar o *vatapá*? Você sabe bem que Lourdes não vai comer nada outra vez.

Enquanto Lourdes lutava entre a vida e a morte, Ignacia estava sempre em busca de soluções. Porém, com o estado de Lourdes melhorando pouco a pouco feito cabelos que crescem, minha vida tinha se tornado um verdadeiro inferno. Ignacia usou todo o seu arsenal de truques. Teve primeiro uma ideia: que eu me virasse para passar os dias fora. O que fiz. Levava comigo bananas para descascar na varanda da capela ou ficava dando cambalhotas no rochedo da ribanceira. Passava a maior parte do tempo brincando com velhos parafusos em um canto do lixão. Ela vinha me encontrar para me dar de comer:

– Anda, come logo seu *aimpim* enquanto está quente. Põe um bom punhado de sal, vai ver como fica bom.

Eu voltava para o barraco por volta de meia-noite. Era bem possível que Lourdes acordasse àquela hora para urrar que não queria me ver nunca mais, nunca!

Um meio-dia, Ignacia veio me encontrar na capela:

– Bem, tive uma ideia, sim, uma ótima ideia.

No dia seguinte, veio o padre Caldeira. Ignacia enrolou num papel de jornal os chinelos que ela pegou de Lourdes para me dar de presente de adeus.

– Adeus é muito forte. Você vai vir sempre. E então nós duas vamos te abraçar. Você vai ver, um dia ela vai acabar te perdoando.

– Mas claro, mas claro, dizia o padre Caldeira, – ela vai ter folga um domingo por bimestre.

Um domingo por bimestre? A verdade é que ele nunca me autorizou a rever a *favela*...

– Lá, na *favela* da Baixa de Cortume? Nem em sonho! Além de tudo, francamente, você tem como pagar o ônibus?

– Não, padre Caldeira. Mas Maria disse que me empresta o dinheiro.

– Então veja com madre Elvira. Ela sabe melhor do que eu o que deve ser feito.

Na maioria das vezes, encontrava madre Elvira recurvada na escada da biblioteca:

– Você tem razão de pensar na sua antiga protetora.

Tendo dito isso, ela se calava um instante num silêncio tão brusco que me dava a impressão de poder ouvi-la. Depois ela retomava virando as páginas de um missal:

– Ah sim, hoje é domingo... Meu Deus! Já ia me esquecendo: amanhã temos o batismo do pequeno Oliveira. Tem o átrio para limpar, as misericórdias estão tão empoeiradas com este vento! E o grande jarro que precisa enxaguar e encher de água benta... Pelo amor de Deus, chame a Maria para trocar esse néon, já não se enxerga mais nada de tão desbotado que está!

Guardei as sandálias, meu único bem de família, com a imagem da Virgem, o machado duplo de *Xango* e o broche que herdei de Maria. Se não temesse exagerar, diria também: a canção. Para mim, é um objeto como outro qualquer, como o relógio da Piedade, como o amuleto de mão fechada envolvendo seu braço, meu misterioso Africano... Quando Gerová aparece, ela nunca perde a chance de me azucrinar por causa do meu patrimônio:

– O que você está esperando para queimar essas merdas que empesteiam meus tecidos? Que cheiro de *charque* apodrecido na água da chuva. Pelo amor de Deus, podemos dar aos cachorros. Você usou isso em seu primeiro carnaval?

Cadela! Sou capaz de matá-la antes que meu próprio túmulo fique pronto.

– E essa Virgem Maria! Não me diga que você acredita na Imaculada Conceição?... O machado duplo ainda vai, não empoeira e vem dos nossos ancestrais.

Ela me dizia isso, a mim! Minha vontade era de responder: "O que você sabe exatamente sobre a canção, a cor da figa, o destino do africano?" Mas eu liguei minha velha Piaf e mais uma vez não disse nada.

Velha atrevida! Ela pensa que não conheço suas trapaças. Uma exposição em Londres e outra em Manille, porque ela teve a sorte de visitar Serra Leoa. A sorte! A agência de viagens afro-americana que abriu na *rua* Castro Gomes faliu antes do último avião fretado... Nobre ideia, sem dúvida, a de mostrar a África aos seus rebentos perdidos! A companhia lançou o negócio num jantar de gala no restaurante do Unhão. Havia três bilhetes premiados e Gerová acertou o da viagem para Serra Leoa, em vez de acercar a cabeça em um poço, o que provaria que existe justiça na terra... Não me interessa saber que diabos você foi fazer lá. Porém, como sua costureira, vejo que importou toda a moda com você. Trouxe os bubus, começou a usar penteados afros. Não, eu não te critico por viver de sua herança. Use anéis axantes e túnicas songais, revenda tudo aos ricos e torre o dinheiro que ganha nestes seus trambiques. Eu só rezo para você queimar no inferno. Porque, é claro, sem você eles jamais ousariam, nem Nalva, nem Sergio-chorão, nem nenhum desses trombadinhas filhas da puta que vivem de furtos e de mentiras. Sem você não! Sem você, megera, mula, anaconda de bordadeiras escravizadas! "Leda--pálpebras-de-coruja", o tipo de apelido que só poderia sair da sua boca. Sozinhos eles não saberiam, esses sanguessugas do bordel do Maciel. Você teve que sussurrar em seus ouvidos o que jamais teve coragem de me dizer olho no olho, com as mãos na cintura, diante de mim. Você não tem nem vergonha de me deixar mofando nesta gaiola. Amanhã, quando vierem seus maus dias, seu caixão não será mais largo do que a minha máquina, é todo o bem que eu te desejo. E que o coveiro empurre com força a pá, e com ela leve uma mortalha repleta de sapos e serpentes venenosas, e que ele cuspa três vezes por cima antes de te cobrir com uma camada de lava. Então saberemos quem era a mais esclarecida de nós duas.

Eu, Leda-pálpebras-de-coruja, não vejo nada, não ouço nada. Tão calma, tão resignada, tão eficaz no trabalho, posso matar todos vocês de surpresa. A ideia poderia vir dos letreiros de uma vitrine em Paris: "Estilo africano, bordados refinados pelas mãos de uma fada capaz de criar verdadeiras maravilhas de olhos fechados..." Um dia eu vou embora, vou bater na porta dos policiais do Maciel para fazer algumas confidências. Por exemplo, que conheço uma senhora muito chique que fornece coisas não muito recomendáveis, podemos dizer, para alguns restaurantes do bairro. As crianças vêm buscar atrás do balcão fingindo receber o troco. Vocês compreendem agora por que todos os adolescentes usam boinas coloridas e falam da Jamaica e de Atlanta ouvindo música zulu ou luba... Eu sou uma luz esquisita, Gerová, conheço todo o seu teatro e a rede de fios que tecem as aranhas nas bordas da minha janela, as intrigas do presente, a trama de há pouco...

Vejo os *azulejos* exatamente como eram antes (azul-céu, amarelo-ouro), vejo as paredes dos *solares* e dos *sobrados* (azuis, branco-creme, rosa-salmão). Vejo também as carroças descerem ao Corpo Santo. Há um grande barracão com capim, lama, dezenas de cavalos e negros. Na frente, uma multidão se aperta em um semicírculo onde se encontram todos os tons de pele humana, estilos de penteado e sobrecasacas. Ali estão os grandes senhores de engenho, os negociantes de casacos de lã cruzada, os negros alforriados, os mestiços dos *casebres*. Os *ghanadeiros* tocam sinos abrindo caminho pela praça entre charreteiros transportando legumes e negras vendendo *mocoto*. As sinhás que carregam escondem os olhos nos leques ou desviam os binóculos quando seus olhares cruzam pessoas demasiado curiosas. Entre o semicírculo de desocupados e os pilares do barracão, a cadeira de *jacaranda*. Um homem está sentado nela, branco, alto, de monóculo, colete de veludo e jabô de renda, um grande chapéu de feltro de onde emergem cabelos frisados. Ele segura um chicote de couro na mão junto ao nagô com o pé acorrentado, vestido de trapos e ajoelhado no chão. Uma jovem se afasta do semicírculo de desocupados. Ela não para de espantar moscas e macerar seu xale. Levanta os olhos para um velho branco em pé, atrás dela, depois começa a gritar em direção ao escravo:

– Pense em nós (com um gesto excedido, ela toca seu ventre robusto), não no diabo da sua honra. Digam vocês também para ele pensar um pouco em mim!

O escravo encurva levemente a cabeça até suas correntes, como se quisesse coçar o queixo. O homem com o chicote de couro ejeta um cuspe preto de tabaco...

– O que faço com uma mula dessas?

– Nem discute, João, dá o que ele merece!, esbraveja o velho branco.

O homem obedece com uma vigorosa chibatada:

– Diz logo seu nome para que todos ouçam.

O escravo murmura algo que ninguém entende.

– Você se chama Innocencio, diz a mulher –, e dessa forma não serei viúva. Innocencio *Juanicio de Conceição de Araujo*, não é assim tão complicado.

O escravo responde com dificuldade, como se recitasse uma lição mal-aprendida:

– Al-lag-ba-da!

A mulher se joga aos pés do velho branco:

– Mas isso não quer dizer nada, ele está delirando porque não aguenta mais. Solte-o para você ver. Dê um pouco de água, deixe-o respirar, ele vai acabar dizendo que se chama Innocencio, Innocencio *Juanicio de Conceição de Araujo*.

– Eu o vi se borrifar de sangue de onça embaixo do *genipapo* plantado na entrada da *senzala*, grita um jovem moreno ao velho branco.

– Que seja! Mas vocês estão ouvindo? Este negro recusa abraçar a cruz de Cristo e a usar o nome que seu dono deu! Eu nunca vi um escravo recusar meu nome.

Então o velho branco se vira para João, que volta a bater. Agora a mulher grita com todas as forças:

– Faça o que estão pedindo, você não tem nada para salvar além da sua pele suja de negro. Seu burro velho, então prefere morrer? E o que é que vou fazer quando este aqui nascer, hein? Vamos, meu bem, faça como eles dizem, assim voltamos juntos para casa, sua Silverinha cuida de suas feridas e faz um *mococo* do jeito que você gosta.

– Allagbada! Responde secamente o escravo.

– Tenho uma ideia, diz alguém: vamos queimá-lo com ferro quente já que ele não quer receber a bênção de Cristo.

– Você também não é burro, nagô, diz um negro de sobrecasaca. – Não é bonito, Innocencio *Juanicio de Conceição de Araujo*?

– Aumenta a dose, João, diz uma voz anônima. – Você vai ver quanto vale o orgulho dessa gente.

– Eu não tenho nada a ver com esse orgulho de negro maldito, diz a mulher. – Só quero ele vivo.

– Já sei!, diz o jovem moreno. – Tenho uma ideia muito melhor: vamos apanhar a mulher e chicoteá-la no sol para ele mesmo ver até onde vai sua teimosia.

– Dá uns pontapés nela logo, ri-se um desocupado, – vai ser mais divertido de assistir!

– Você está confundindo orgulho com burrice, retoma a mulher. – Chamar-se Innocencio *Juanicio de Conceição de Araujo* não te torna cego. Você vai continuar vendo o céu do bom Jesus com seus mesmos olhos de varão.

Está chovendo. João se curva para o velho branco:

– O que faço agora? Com uma anta dessas o dia não vai acabar tão cedo.

– Prenda junto com os outros no meio do barracão. Depois a gente vê o que faz. Enquanto isso, vamos até as arcadas da igreja, e que vigiem a mulher.

– Será mesmo necessário, *yoyo*?, diz o negro de sobrecasaca. – Ela não vai a lugar algum. Ela briga e se desgasta, mas no fundo o ama tanto que até estremece. Para dizer a verdade, ele é tudo o que ela tem.

– Esse turrão é pesado demais. Não tem ninguém para me ajudar a levar esse chumbo?

Uma dezena de pessoas avança até João. Levantam o escravo e o balançam em cima da palha. João se agacha para amarrar sua cintura no poste onde um jumento já está preso.

– Nunca se sabe o que você é capaz de sugerir aos outros, se te deixar junto deles.

Então todo o mundaréu de gente se agita até a igreja, retendo com dificuldade os guarda-chuvas e os casacos de gabardina maltratados pelo vento. Só resta na praça uma miríade de moscas, tufos de folhas amareladas e bagaços velhos. Algumas crianças patinham nos buracos das ruas chupando pedaços de *rapadura*. *Mucamas* de cabelos melados de óleo de *copaíba* levantam seus longos vestidos com uma mão e com a outra estendem as sombrinhas por cima das *senhoras*. Há um longo movimento de carroças, *ghanadeiros*, seminaristas em batinas e freiras com seus hábitos... Durante todo esse tempo, a mulher ficou embaixo das calhas do barracão. Gotinhas escapam dos seus cabelos trançados, penetram em seu vestido de tafetá que molda como uma sombra a forma do seu corpo. Ela está imóvel como um poste, como se a vida fugisse de seu corpo, com uma perna dobrada no joelho da outra, o queixo apoiado no braço direito, mordiscando a ponta de seu colar de pérolas...

Parou de chover. Dá para ouvir o sino da igreja de São Francisco. Os cachorros saem dos esconderijos para uivar e remexer nos excrementos. O concerto de carroças está de volta, ritmos de *batuque* ressoam da Barroquinha. A mulher está agora curvada sobre seu homem. Ela tenta afastar as moscas, enxugar o suor que lhe embaça os olhos, retirar os coágulos de sangue impregnados na barba.

– Por que querer se aparecer agora?, diz um jovem escravo preso no fundo do barracão, entre a sombra e a luz de fora.
– Um nome não vale *dez arrobas de soca*, não pesa nada quando se usa. Além do mais, você, sua companheira, sempre vai chamá-lo pelo nome que ele quiser, isso é que importa.

Do lugar mais fundo do barracão ouve-se uma outra voz, a de um homem de mais idade, talvez já velho:

– Vocês não estão vendo que ele, o nagô, não quer desse nome aí...

João chega assobiando, tira um porta-chaves do bolso, mexe um pouco com a mulher:

– Vamos, Silvera, aqui é lugar de homem.

O velho branco surge do semicírculo:

– Deixa para lá, João! A gente continua amanhã. Já está anoitecendo. Confesso que isso tudo me deu fome.

– Onde ponho seu negro?

– Põe no chão do *solar*. A mulher vai dormir com as domésticas. E amanhã, se tudo der certo, eu o levo para a senzala.

A noite caiu de uma vez. Um brilho de lamparina inundou a praça. Depois o grande véu preto recobriu minha vista.

Não, Gerová, não tem nada que você possa me esconder, nem mesmo os coágulos de ódio que escurecem seu coração. Ó, Africano, vou amargar por muito tempo por ter ido com essa velha tonta no dia em que Madre Elvira subiu ao meu quarto. Mais uma vez, não tive escolha. A linha da minha vida foi traçada retilínea, nenhuma possibilidade de desvio para alterar essa limitação. Sou aquela coisinha que levamos debaixo do braço para jogar fora nesta estrada nua, fria e seca que não leva a lugar algum, somente ao fundo da vertigem que é também a minha luz, a minha terrível consolação. Ignacia inaugurou a corrida um pouco antes do padre Caldeira, desde a morte de Madalena. Naquele dia ela teve uma "ideia". Devo dizer que ela precisava resolver no espaço de algumas horas dois problemas ao mesmo tempo: como enterrar dignamente o caixote em que enfiamos minha mãe? O que fazer de mim, o único bem mais ou menos plausível que ela deixou?

Naquele dia, acordei bem cedo para dar comida ao pato, depois deixei que fosse bater as asas na lama da ribanceira. Acendi o fogo para esquentar as ervas e as plantas, remexi no armarinho de madeira compensada procurando os comprimidos, ergui a jarra de água gelada para servir um copo... os mesmos gestos dos outros dias, como se a vida fosse um infinito refrão. Dei meia-volta em direção à cama velha:

– Levanta, *Mãeninha*, vem tomar seus comprimidos.

Repeti essas palavras umas cem vezes mexendo nas panelas. Por volta das dez horas, fui ver se Ignacia tinha preparado as bananas para a saída da tarde:

– Ignacia, estou cansada. Por mais que eu a chacoalhe, Madalena não quer levantar. Como pode dormir tanto? Será que foi o efeito do vinho que beberam ontem?

Somente mais tarde as imagens daquele dia se organizaram em minha cabeça de criança, até se fazerem obsessivas. Revejo Ignacia me apertar entre seus braços, risonha e faceira, mas com os olhos cheios de lágrimas:

– Olha, menina travessa, meu passarinho, não quer uns trocados para ir com Lourdes à *rodoviaria* comprar um pirulito de caramelo? E ainda ganhar mais alguns tostões? Tome, vá, sua mãe e eu temos que conversar algumas coisas.

De tarde, o próprio capelão veio nos buscar no lixão. Tinham acabado de prepará-la. Pediram que beijasse seu rosto e fecharam o caixão. Teve a multidão maltrapilha e as luzes das velas, um ou dois cânticos abafados pelo zumbido desafinado dos choros. Depois disso, Ignacia fez todos se calarem:

– Ouçam todos. Acho que Deus lhe concedeu o paraíso pela bondade do seu coração e pela montanha dos seus sofrimentos, amém... Vejam, meus amigos, o que encontrei debaixo da saia de Madalena. Reparem bem: esse é o preço do seu sangue, as economias de uma vida inteira de suor e teimosia. Vamos, pois, contar essa riqueza na frente de todos e da sua filha que Deus nos confiou.

Abriram o lencinho e colocaram as notas impregnadas de poeira e gordura no altar. O capelão se atrapalhou uma ou duas vezes na contagem.

– Já vimos que contar não é o seu forte, meu pai, é verdade que suas ovelhas te trazem o sustento. Deixa que eu vejo isso.

Esta cena fez todo mundo rir por um breve instante. Ela ficou em minha memória com todos os detalhes, bem mais precisa do que a cerimônia que se deu em seguida. Que soma edificante foi tirada do lenço? Até hoje não sei. Quanto a Ignacia, parcimoniosa como era, guardou um bom punhado no xale para me comprar calças novas e outro tanto para os maus dias, aqueles que a gente nunca sabe. Na sua cabeça, de fato, eu me tornava naturalmente sua outra filha:

– Agora você e Lourdes são irmãs, juntas e iguais, como dois grãos de amendoim. Tudo será como antes, só que sem Madalena.

Quando tudo acabou, as orações, as comidas, as condolências, ela pediu que chamassem o capelão para repartirmos as tralhas de Madalena. Para Ignacia ficaram o fogão, o armarinho e a cama velha. O resto foi distribuído aos vizinhos. A *cabana* foi legada a uma família de seis bocas, *rusticos* do *Sertão* que acreditavam fugir do espectro da fome. Nós estávamos longe do conto de fadas, mas vivemos felizes as três, até chegar a catástrofe do lixão.

– Mas eu não estou te acusando, minha filha, acuso o diabo. Esse aí, se puser sua pata na boca de alguém, arrebenta com os lábios e o nariz.

Ignacia fez de tudo para me perdoar, mas ela nunca conseguiu, minha brava matadora de problemas.

Estaria o diabo espreitando debaixo dos escombros que desfiguram o cume do lixão? Teria ele incutido seu mal em nossos mínimos gestos naquele dia? Eu me lembro que deveríamos ter voltado há pelo menos uma hora para ajudar Ignacia com o jantar.

– Ignacia vai nos castigar. Ela vai ter que cozinhar toda a mandioca sozinha e ainda por cima descascar as bananas.

– As bananas?, replicou Lourdes. – Até parece, amanhã é domingo! E se fôssemos na beira da fossa brincar com as rãs?

Ela pegou um bastão e eu uma longa haste que pairava sobre a pilha de entulho. Nossa brincadeira consistia em tocar o rabo dos bichos fazendo piada com os moradores da *favela*:

– Toma essa, rã lazarenta, para a perna de pau do velho Ernesto!

– Essa para o soluço de Efigenia!

– Para o capelão e seu lábio leporino!

– E uma para o desengonçado do Pedro-da-hérnia!

Nosso interesse logo convergiu para os automóveis que passavam embaixo. Rajadas de vento cobriam nossos rostos. Havia um cheiro de mar avassalador, excessivo, como se estivéssemos de fato no litoral da Ribeira. Estávamos radiantes, excepcionalmente decididas. Nossos risos se misturavam com o eco dos pássaros na *cazuzeira* plantada na frente da capela, ao som de antigas *modinhas* que se elevavam do bar onde bebiam os operários da usina de moagem. Lourdes tinha tirado a calça e fingia dar à luz em cima de um monte de tábuas. Ela me mostrou dois pedaços de madeira:

— Veja, são gêmeos. Um se chama Tonio e o outro João. Venha jantar em casa qualquer dia? Moramos num bangalô na *Pitubá*. Meu marido vem de uma família de *fazenderos*. Todo louro, todo pálido, se você o visse!

Como eu não respondia, ela me atirou um punhado de junco:

— E você?

Eu olhava as espirais de povoados da cidade, a rotatória da *rodoviaria*, o parque de Narandiba.

— Eu? Você vai ver ele passar daqui a pouco com um lindo carro pela autoestrada.

— Oh oh! Já sei. É aquele velho da caminhonete?

— Esse é o seu. O meu vai chegar mais tarde, ainda não acabou o expediente.

— Então ele é branco como o meu?

— Oh não, eu já decidi... o meu é um príncipe. Ele vem da África repleto de ouro e búzios. Aquele da canção é que é o meu.

— O quê? Você vai se casar com um africano!

As coisas poderiam ter parado ali. O bom senso pedia para recolhermos nossos cacarecos e voltarmos para casa. Mas Lourdes voltou para a beira da fossa. Ela saltitava feito pulga-do-mar frente a uma rã gigante. Fincou seu pedaço de madeira no traseiro e anunciou triunfante:

— E essa aqui é para o saco que Zezé-moleiro não tem mais!

Ela mal tinha acabado de falar e eu já a tinha acertado. Ela titubeou como se praticasse uma dança, depois se espatifou contra a viga que pendia na fossa. Seu sangue escorria pela nuca. Eu lia em seu rosto uma vontade sobre-humana de não chorar. Ela ficou um bom tempo contra a viga, aturdida, exaurida, irreconhecível. Depois, um longo grito saiu da sua boca e ela começou a me xingar no mesmo tom que latiria um basset em brasas:

– Imunda! Estranha do jeito que é, jamais deveríamos ter te aceitado. Vou dizer tudo a mamãe. Vamos te pôr na rua, você vai morrer com os mendigos do porto. Sabe por que sua mãe cortou o saco de Zezé-moleiro? Sabe disso pelo menos?

Mas eu já tinha tirado minhas roupas para subir em cima dela...

– Cala a boca, idiota, cala a boca, não posso ouvir isso.

Eu a puxei pelos cabelos e com todas as minhas forças a empurrei no estrume. Eu esmagava suas costas e afundava sua cabeça. E dizia a mim mesma, como num sonho: "Deixa ela, já chega, logo ela vai morrer". Mas minhas mãos estavam automáticas e só obedeciam a elas mesmas.

Eles me procuraram até tarde da noite antes de me acharem no arbusto de espinhos, entre a beirada do rochedo e a grade que supostamente impediria as pessoas de caírem no precipício. Usavam tochas de palha, exceto o capelão que guiava o grupo com a luz de uma vela:

– Bendito Senhor do Bonfim, essa aí não teve nada! Como é sortuda a pequena da Madalena!

O assunto perdurou na *favela* durante uma estação inteira, depois tudo foi esquecido com a chegada do carnaval. Achava que Ignacia me perseguiria, que eu morreria com os mendigos deitados em volta do porto. Ela não fez nada. Me deu comida como de costume, apesar do estado desesperante de Lourdes que a tomava a todo instante. Esta delirou durante um mês inteiro, expelindo sangue e gás que fediam tanto quanto uma fábrica de estrume. Nunca soube de onde Ignacia tirava força para continuar igual a si mesma diante de qualquer tipo de situação: de pé, rechonchuda e sempre pronta a sorrir mesmo quando a tristeza lhe invadia o coração. Ela esperou alguns dias antes de me interrogar. Eu morria de vergonha, recolhida no silêncio, embora nenhuma suspeita de rancor emanasse de suas palavras:

– Me diz, pelo amor de Deus, como foi que aconteceu? Foram ladrões que atacaram vocês? Ela caiu na viga? Eu... não posso imaginar que você... ou então foi sugestão do diabo.

Acabei respondendo, mas minha boca falava sozinha, eu a ouvia como se ouvisse o chiado de um megafone num parque de diversões.

– Bem, fui eu, Ignacia...
– Mas por que, destrambelhada? Por que no estrume?

Até hoje não encontrei resposta. Para ser honesta, uma outra questão pairava em minha cabeça: por que Lourdes tinha se lembrado de Zeze-moleiro? Ninguém no nosso meio falava daquele cachorro. Não imagino nem Domingo fazê-lo, por mais mamado de *cachaça* que estivesse. Zeze-moleiro nunca interessou a ninguém além da pata malfeita de seu maldito destino. Teria ele existido de verdade? Nunca o vejo, eu que aprendi a ver tudo sob a luz de Exu: os barcos voltando da África, os *batuques* de cem anos atrás, o farol da Barra, o relógio da Piedade... mas ele, jamais. Ele não terá deixado nada na terra, sequer a árvore funesta de sua alma. Madalena o conheceu de fato no dia em que ele semeou em seu corpo o germe que me daria a vida?

Só me resta a vaga lembrança da sua silhueta de muletas nos acordando em uma hora em que não se ouvia mais barulho de motor na autoestrada. Eu chorava ao vê-lo tropeçando nas louças para alcançar o pote onde Madalena escondia o cofrinho de porcelana: "Não", dizia ela, "você vai encher a cara com seu próprio dinheiro". Eles se estapeavam primeiro perto da porta. Ele arrancava-lhe os cabelos e a cobria de equimoses. Não sei como fazia, mas Madalena acabava sempre recuperando o cofre. Em seguida, eles se insultavam lá fora. Então ouvíamos a voz de Fernando do outro lado do córrego: "Vai se foder, Zeze-moleiro, senão vou aí quebrar sua outra perna." Ao ouvir isso, ele dava no pé. Sua perna direita fazia um Z desde que uma balança que descarregavam de uma caçamba caiu por cima dele no depósito da usina de moagem. Eu suponho que quando ficava conosco e me tomava as mãos, era porque não tinha mais um centavo furado.

Um dia, perguntei a Madalena:

– Onde foi papai?

– Psiu!, ela me respondeu. – Ele não vai mais voltar.

Alguns anos se passaram até que numa tarde ele voltou. Não tinha mais nenhum dente, nem mesmo sapatos. Só uma calça de lona esfiapada até a altura dos joelhos e um velho boné de marinheiro que ficou jogado perto do córrego muito tempo depois que ele perdeu o saco. Ele se reteve todo acanhado perto da plantação de mandioca, no morro que dava para o boteco. Mamãe, que esfregava roupa, o viu e disse:

– Vem, Zezé, sua filha já cresceu.

Ele me fitou longamente. Eu devia ser uma estranha criatura para ele me encarar daquele jeito. Sentou-se perto da porta apoiado em suas muletas. Pôs-se a cortar madeira entre o barraco e o córrego para depois ir vender na beira da autoestrada. Dava no máximo para comprar farinha. Mamãe completava com o resto. Tudo estava indo bem, enfim, uma vida de família. Ele me levava de mãos dadas até a capela, ou então sobre os ombros quando tomávamos o ônibus para

Ondina, *Pitubá*, *Itapõa*. Andávamos perto do mar, depois sentávamos num rochedo. Ele repousava o punho no queixo, abria sua boca estúpida salivando feito um caracol. Olhava o mar, tossia conscientemente, depois dizia como uma criança com os olhos cobertos de lágrimas:

– É bonito tudo isso, hein, pequena?

E suspirava longamente como se terminasse uma corrida ou um discurso solene.

Nos dias em que tudo estava bem e ela se permitia a audácia de uma brincadeira, Madalena abaixava seu boné até o nariz:

– Seu sangue triste de índio é que te torna sombrio; e eu não posso nada com o seu silêncio. Mas não se sabe os segredos guardados em seu coração: quem você ama de verdade e quem mais você quer matar.

Ele esboçava um infeliz sorriso desdentado.

Quando ele a encontrou, Madalena trabalhava como babá para os *yoyos* da Barra. Na época, era conhecido como Zeze-Caboclo ou Caboclo-Facalhão porque ninguém o igualava na arte de enfiar uma faca na barriga nos bailes da Barroquinha. Ele ainda tinha as duas pernas e um selvagem bigode de bandido que fazia sucesso entre as mulheres. Também se distinguia por seu silêncio, enquanto Madalena, como ela mesma admitia, falava pelos cotovelos logo que uma silhueta se aproximava. Tirando este vago episódio, não conheço nada de sua vida. E assim é com Ignacia, Fernando, Domingo da Água e a velha Aline. A *favela* é o que se tem de melhor para figurar o outro mundo. Entramos nela sem pertences, sem raízes, sem memória. Você nunca vai ouvir alguém falar de suas origens ou de um antepassado. Chegamos sozinhos fugindo da fome do *sertão* ou de Pernambuco, e encontramos outra, sonhando com uma vida melhor sem nada a oferecer além de exaustão, rancor e uma espantosa mestiçagem.

Zezé-Facalhão, Zezé-cu-de-manivela, por mais que o insulte, Africano, é o seu rosto que Deus me condenou a usar. Será que foi para me curar dele que a noite caiu sobre mim? Sim, ele foi bonito, Zezé-Facalhão, e minha pele de peônia sempre refletiu no sol suas luzes de cor morta. Sem dúvida houve o dia em que, como Lourdes, eu também fui bonita. Mas fui em segredo e ninguém jamais descobriu. Meu corpo nunca mais sentiu a carícia ardente de um homem desde que voltei para cá. Ah! Eu cheguei a conhecer o amor? Meu coração ficou frio, vivo como uma pedra por fora da vida. Melhor assim: não tendo provado o fruto do desejo, não sinto mais a menor vontade. Encontro minha alegria na arte que Deus me deu de inebriar qualquer coisa com a magia de um fio. Aqui neste buraco onde não se pode sequer estender um tapete eu aprendi a perfumar meu coração. Meu sonho é tão sutil que me sinto num palácio. Enfrento as ofensas como faço com as aranhas, o salitre e os ratos. Quanto aos outros, que façam o que quiserem, prefiro rir do desprezo que nutrem contra mim. Pois é, faz muito tempo que aprendi a me calar, jamais incomodarei ninguém. Direi "sim, senhor", direi "como preferir, senhora", sendo você a pior puta da esquina.

Vivo sob o manto de Exu para desfrutar da vida e dos seus milagres abundantes. Durmo fechada à chave, mas todas as noites eles vêm me perturbar: esse bando de bêbados que descem do Banzo depois que fecha o bar, ou o bando de Nalva, ou o dos irmãos Baeta. A puta da Gerová também me acordou uma noite. Queria que eu procurasse umas sandálias songai para mostrar ao *gringo* que estava com ela. Eles saíram de um coquetel tão bêbados que mal se mantinham em pé... Ela me lembrava aquela descarada que se amigou com meu pai no barraco atrás do nosso quando ele voltou a beber e a ameaçar de nos matar...

Víamos os dois passarem quando iam para o bar. Eram dois completos estranhos sem nenhuma ligação conosco. Um dia essa vagabunda sumiu no mundo. Meu pai voltou a nos assombrar em casa. Quando o ouvi na porta, pensei nos cachorros cheirando o lixo. Ele levantou uma tocha em direção à cama onde mamãe dormia com Fernando. Ouvi alguns tiros. Fernando vacilou, depois rolou como um tronco até o fogo do braseiro. Madalena não gritou. Ficou onde estava, apoiada na parede.

– Não gosto que debochem da minha cara. Esfriei seu patife. Esse aí não te fode mais. Vou te matar também. Você vai se lembrar de mim lá onde eu vou te mandar.

Minha mãe continuava sem dizer nada. Eu tinha me levantado, gritava e saltitava. Meu pai tropeçava no banco, no caldeirão, na parede, ele tentava carregar sua arma. De instinto, fiz o gesto animal que era preciso: olhei de relance o prato de bananas. A faca estava lá em cima. Meu pai entendeu. Para me barrar a passagem, ele tentou se levantar do banquinho onde acabou caindo.

– Pega a faca, mamãe. Mata ele!

Joguei a arma com todas as minhas forças em direção à cama, antes que o outro se levantasse. Mamãe se levantou então da cama, tirou seu lenço da cabeça, o lençol que a cobria e saiu assim, nua como havia nascido. Um verdadeiro monstro com arrotos de porco selvagem e facão na mão. Ela enfiou a faca entre as pernas de meu pai, que rolava do fundo do quarto até a porta. Com os braços cruzados por cima da cabeça eu gritava:

– Para! Para!

Ela continuava a esfaquear, empurrando-a contra o corpo de Fernando, levantando cinzas e faíscas. Depois ela parou, vencida pelo cansaço. Sentou-se no chão com as pernas abertas, os braços como tiras de borracha entre os ombros e o solo. Fechou os olhos e pôs-se a rir.

Os outros já estavam lá, numa confusão de passos, soluços e vozes atordoadas. Ignacia chegou empurrando todo mundo até perto do braseiro onde Madalena ria ainda sem parar:

– Madalena, me diz você mesma o que foi que aconteceu aqui. Você mesma, por favor, vai doer menos do que saber por outra pessoa.

Ela me pôs no colo e me mandou dormir. Então se inclinou para minha mãe que, eu agora me dava conta, tinha sangue até os cotovelos.

– Para de rir, Madalena, não perde a cabeça, você vai precisar muito dela a partir deste instante.

Alguém disse:

– Não podemos ficar sem fazer nada diante desta carnificina.

– Que chamem um doutor!

– Agora não adianta mais. Melhor chamarem a polícia, ou o caminhão de lixo.

No dia seguinte Ignacia vestiu seu vestido de renda. Ela nos levou, Lourdes e eu, num *barrio* desconhecido. Madalena estava atrás das grades e, dessa vez, ela chorava. Ela me olhava com os olhos semicerrados fazendo pequenos gestos involuntários. Não guardei o que foi dito na *favela* sobre essa história.

Tomamos o ônibus para ir ao advogado um número incalculável de vezes! A Sociedade Protetora dos Indigentes nos deu um pouco de dinheiro. Mamãe foi posta em liberdade uma semana depois do processo. Fernando foi enterrado no pequeno cemitério da ribanceira, lá onde mamãe também seria alguns anos mais tarde. Disso eu me lembro: revi os dois túmulos, espécies de canteiros avermelhados e paralelos como duas camas de solteiro. Guilherme nos levou até lá, Lourdes e eu, quando ela me apresentou aquele louco senhor da Inglaterra. Anos depois, soube que Zezé preferiu arrastar sua carcaça em outro lugar do que voltar à *favela* onde todos sabiam que ele não tinha mais nada que o permitisse se passar por homem.

E este é o fim de Zeze-Facalhão, também chamado de cachorro.

CAPÍTULO V

Você vivia antes de tudo para consertar o mundo: pôr os erros em seu devido lugar, recolar os cacos de vidro e arranjar para cada um, valente ou covarde, um lugar sob o sol! Você falhou em sua vocação, pelo menos no que me diz respeito. Dos inúmeros benefícios que queria espalhar pela terra, eu não recebi muita coisa, nem mesmo um desses traveller's cheques que você já não podia assinar depois de morto. Não, Escritore, você não me foi de grande valia. Sentado na cadeira de *jacarandá* com tantos rostos abatidos a minha volta, a impressão que tenho é que cheguei ao fim da linha por causa de você, de sua nebulosa pessoa. Antes as coisas eram simples: eu arrastava um *gringo* da igreja até o bordel onde armava um esquema qualquer graças ao meu faro e a um pé de cabra, era o jeito que eu dava para não morrer tão rápido deixando tudo para os outros. E achava correto, saudável, divertido, propriamente intangível. Isso para mim é viver, e não ficar aqui sentado me perguntando se no mar ainda tem onda ou se meu nariz ainda está no meio do rosto, enquanto a perna de Mãe Grande está cada vez mais parecida com cola branca. Esse trabalho eu fazia muito bem sem precisar me torturar com perguntas que só serviriam para ganhar uma enciclopédia em um concurso qualquer. Esse trabalho foi feito para mim, olhe bem para minhas pernas que não me deixam mentir.

Meu pai, Escritore, eu preferia ter sido atropelado por um caminhão: com um pouco de sorte, seria curado. Infelizmente, era você que passava por aqui com sua cabeça repleta de enigmas e sua fábula inenarrável da figa e dos homens – veja só! – que uma árvore teria matado. Resultado: um trapo murcho está agora sentado na cadeira de *jacarandá*, incapaz de decidir se passa a perna no biruta da *Pitubá* e, ainda mais grave, sem forças para desgrudar a bunda deste móvel sinistro, de tão atormentado que ficou pelo eco de seus preceitos ressoando em suas orelhas como o som de uma torneira vazando.

Se eu não passar a perna no biruta da *Pitubá*, o que vai ser de mim? Descansar em casa? Minha casa não é habitável. Eu só volto para lá caindo de sono depois de uma boa bebedeira – com o cérebro no nariz como proclama Rosinha – no bar de Preto Velho ou de Manchinha. Como eu já disse, o maluco do Manchinha não é rancoroso. Atualmente, ele me deixa ir lá comer ao meio-dia e beber um *guaraná* ou uma água mineral, desde que anote tudo no ângulo direito da parede para evitar quiproquós quando eu for acertar. Sinto que seremos amigos, afinal de contas, ele me descola uns cigarros e, às vezes, algum dinheiro que anoto também num canto da parede.

Janaina por sua vez está emburrada comigo. Diz que me ama exatamente como no primeiro dia, mas quando chego em casa, põe um xale na cabeça e às vezes até a redinha de pescar camarão, dá um pontapé na louça e diz que não mereço mais olhar seu rosto. Não, ela não se arrepende de ter me escolhido. Mas o que ela espera de mim parece tão desastroso quanto me abandonar. Ela quer que eu lhe traga uma fortuna, que arranje um apartamento de dois cômodos só para nós dois, com uma sala de verdade e uma televisão colorida para assistir às *novelas*, só isso e mais nada. Não vejo neste pedido nada de original. Eu também quero um ninho para amar e comer um pouco melhor. Mas onde encontrar este tesouro... e o que fazer com Mãe Grande?

No entanto, Janaina gosta de Mãe Grande. Ela lhe dá o seu mingau na colher, suspende sua perna para não criar raízes no chão de tanto que ela empurra como se fosse uma videira. Olha só a vida que levo entre essas duas mulheres, enquanto uma teima em viver para apodrecer cada vez mais, a outra me leva à loucura com seus caprichos de duquesa. Pondo na balança, gosto mais do cheiro de cachorro morto que exala Mãe Grande. Devo admitir que ela não torra a paciência dos outros. Ou ela entra em coma ou sorri feito criança, parece até que não tem nada a ver com este monstro purulento que cresce para o alto da parede... Pensei mil vezes no que disse o doutor, mas preciso tirar isso da cabeça e tratar de juntar o necessário para as ervas de Juvenal. O corpo de Mãe Grande não aceita outra medicina. A velha fica louca de alegria quando trago essas ervas. Ela reúne forças para levantar o busto e apertar minhas bochechas:

– Muito bem, meu pequeno. Onde está sua mãe? Ainda não chegou do hotel? Ela vai morrer de trabalhar desse jeito...

Eu ajeito confortavelmente sua cabeça na almofada e tento acalmá-la:

– Não se empolgue muito, você está delirando. Minha mãe morreu, você sabe bem, quando eu não tinha nem um ano. Aquele barco que queimou no Paraguaçu, já não se lembra?

Ela revira os olhos como se fosse desmaiar, depois se recompõe:

– Tinha esquecido dessa tragédia. Tiveram tantas, vale a pena lembrar de todas? Só sei que não posso morrer. Meu corpo todo me diz isso: não posso morrer agora para viver cem anos. Que meu pé caia feito uma folha velha. Que se apodreça e vá embora! Quero ser uma árvore que dê tantos frutos quanto eu tiver de anos. E se tiver que morrer, que seja aqui, sem doutor e sem injeção.

Enquanto isso, Janaina limpa as orelhas ou finge peneirar farinha.

Não faço mais amor, meu desgraçado Escritore. Aqui onde me encontro estou duro feito aço, sinto minha coisinha relaxar nervo por nervo e se precipitar contra a cadeira. E nem um centavo no bolso para um programa no *motel* do Maciel! Janaina está de greve. Anda usando uma cinta envolta por um cordãozinho amarrado com dois nós. Só se anima de cozinhar se for para fazer o mingau de Mãe Grande. E se recusa a ir buscar um pedaço de *bacayu* na peixaria da Barroquinha. Sabe por quê? Porque deu pra ter vergonha de comprar fiado, como se ficasse escrito no meio da testa. Se ao menos ela falasse comigo como antes, aliviaria minha dor... Oh! De todo modo, é melhor que o manso mestre Careca pinte logo seu quadro. Serei o primeiro a ir contemplar o corpo de Janaina, corpo este que já não serve mais para nada.

Preto Velho que nunca foi com minha cara me culpa por todos os males. Segundo ele, eu sou a causa de todos os desentendimentos. Ele alega que maltrato Janaina, que sou incapaz de lhe dar roupa e comida. E como eu poderia com este comércio em queda, os *ladros* que proliferam e as barricadas cercando agora as mansões? Eu nem comentei com ele sobre o biruta da *Pitubá*. Não quero que me feche de novo a porta de seu *barzinho*. Por enquanto estamos em plena lua de mel. Ele até me descola uma cerveja quando resolve beber. Porém, conservou sua horrível mania de me chacoalhar e me xingar. A seu ver, era melhor que deixasse Janaina onde ela estava, no banquinho do Manchinha, morrendo de tédio e picadas de mosquito. Estou tão acostumado com suas críticas que elas me soam como um grunhido de rádio. Rosinha, como de costume, repete o que diz seu mestre. Eu cruzei com ela outro dia na *rua* Castro Gomes, ela gritou comigo na frente dos vendedores e das meninas como se eu fosse um cachorro:

– No lugar de Janaina eu já teria ido embora com outro homem. Eu me pergunto que feitiço você fez para ela não largar do seu pé. É a pergunta que não quer calar desde que você fisgou essa pobrezinha. Ela triplicou de azar: você não é bonito nem rico nem muito simpático. Preto Velho é um santo de te deixar entrar no bar para fazer a única coisa que você sabe: encher a cara de graça até o galo cantar.

Antes, as pessoas tinham medo de mim, sabiam que eu podia virar bicho depois de perambular pelos botecos da Barroquinha. Houve um tempo, Escritore, em que me cediam a passagem na calçada ao perceberem meus olhos vermelhos e a arma saliente no bolso da minha calça. "Esse aí é um grande canalha", murmuravam quando me viam chegar do Barbalho ou do Carmo. "Ele que cegou Leda-pálpebras-de-coruja com um só jato de ácido!" Bons tempos, em suma, mas tão distantes dos atuais que não sinto nem mais o cheiro. Eu não era do tipo que se deixa humilhar por uma velha decrépita na frente desses vendedores de bugigangas que agitam balanças falsificadas e roídas de ferrugem. Pois se deixar, essa gente sobe em cima de você. Eu queria olhar Rosinha nos olhos e gritar para que se ouvisse até a marina, um pouco para tentar salvar minha reputação: "Não sei do que você está falando, mulher. Tome, pegue aqui uma moeda já que hoje é domingo e você tem permissão para sair do hospício e ir à missa. Está falando de Preto Velho? Acho que vi esse nome escrito em alguma placa do Pelourinho quando passeava pelos velhos edifícios. Seu nome soa em meus ouvidos como o de um animal de pelo cinza que bebe feito gambá e é mais vulgar do que um cachorro!" Mas eu não disse nada disso. Ela contaria tudo ao seu mestre. Não convém estender muleta no nariz deste touro de setenta anos capaz de fazer o mundo ruir com suas atividades de meio século... preferi me mandar para o mar para pensar com calma no que disse o doutor.

Estão todos achando que virei um velho saco de batatas a ser jogado no curral. Um dia hei de me vingar. Conheço esse povo de trás para a frente e também por filiação. Se Alfredo não pôs sua pulseira, é porque bateu de novo na irmã. Passarinho está de chapéu, deve ter recebido uma garrafada na cabeça num boteco da Barroquinha. Eles entram e saem como abelhas, acenam com a cabeça ou dão um sorriso. Alguns se sentam para beber, outros levam garrafões que vão esvaziando aos poucos enquanto jogam dados em algum quintal. Sei quem vende lembrancinhas no Mercado Modelo e quem vende a bunda nos palácios de cornija. Quem vai à igreja ou ao pai de santo, quem rouba os negócios da mãe e quem faz caridade na Sociedade Protetora dos Indigentes para salvar uma família endividada. Nós temos todos os mesmos tiques, as mesmas roupas, o mesmo orgulho canalha que nos obriga a fingir que roubamos comida em vez de mendigar de fato. Cada um pode dizer o sonho que o outro teve na véspera. Se por acaso trocássemos de nome, acabaríamos fazendo o que o outro faria sem errar em nada. Eu contei que a cada trinta minutos alguém se senta ao meu lado para falar de quem acabou de ir embora e dividir uma cerveja:

– Vem comigo ver o jogo. É agora ou nunca nossa revanche contra o Santos. Essa não dá para perder. Esses safados meteram dois a zero em casa. A vergonha ainda está fresquinha aqui na frente da catedral.

Respondo com um ou dois chavões e fico lá parado naquela cadeira de *jacarandá*. Às vezes, um deles diz:

– Rapaz, você não é mais o mesmo. Alguém precisa te dar uns chacoalhões.

E eles têm razão, não sou mais o mesmo com essa morte rondando minha porta e todo esse excesso de pensamento que você me inculcou antes que te metessem naquele buraco. Talvez eu não seja mais a mesma pessoa, a não ser que acreditemos no que diz Samuel Armando de Saldanha, que caras como eu só mudam de endereço, e olhe lá!

Podem falar o que quiserem, Palito, Careca, Passarinho e esse bando de idiotas que agora me encaram fazendo suas apostas no *jogo do bicho*. Quanto a mim, não tenho dúvidas de que sou gente fina, infelizmente sem nenhum trocado no bolso para que se veja como um uniforme dourado. Contudo, desde que caí no abismo, os maus pensamentos insistem em me corromper. É, *meu pai*, ainda me resta o biruta da *Pitubá* e, em caso de extrema urgência, o esquema do doutor. Não paro de pensar nisso, Escritore, quando vejo Rosinha se contorcer de mesa em mesa me olhando com seus olhos de carcereira. Tenho que decidir de uma vez por todas o que fazer com o biruta. Juro que vai ser meu último trambique. Já vi este tipo de situação no cinema da *praça* Castro Alves: um detento sai da prisão. Só lhe restam o chapéu e a gengiva. Ele se senta embaixo de uma árvore para pensar no futuro. De repente, ele tem uma ideia brilhante: assaltar o velho relojoeiro, zarpar para o extremo oposto do país e recomeçar tudo do zero. O mais engraçado é que no filme tudo acontece exatamente como ele imaginou em sua cabeça. O golpe dá certo, ele foge para um deserto distante, sonhando com uma esposa, filhos e torradas com geleia de manhã enquanto pássaros cantam e a criançada prepara a mochila da escola. Perfeito! Ele arranja uma nova identidade e encontra a mulher da sua vida. Mas esta o encontra morto de um ataque cardíaco no banheiro, em plena lua de mel. Ela se casa de novo com o primeiro que aparece. Eles têm muitos filhos e vivem felizes com o tesouro do outro. Se uma história similar me acontecesse neste momento, não acharia ruim. Assim, Mãe Grande pode receber seu tratamento e Janaina refazer sua vida sem miséria, sem promiscuidade, apesar de que... eu bem que podia ressuscitar e fazer alguma maldade se ela voltasse com Manchinha ou se juntasse com Careca, ou Palito, ou Passarinho, ou qualquer outro cretino deste submundo onde tudo sempre acaba mal.

Não sei mais o que fazer senão tapear o biruta. O cara com seu ataque cardíaco é coisa de filme. Comigo vai dar certo, contanto que seja mais preciso do que das outras vezes. Estou deprimido, por isso me culpo por não ter tido sorte. Este esquema, verdade seja dita, realmente me caiu do céu. Como poderia imaginar que aquele biruta desocupado se mostraria interessante? Eu o encontrei na frente do Clube Espanhol. Ele puxava uma mala grande certamente repleta de livros ou roupas velhas. Parou na minha frente completamente sem fôlego:

– *Por favor, senhor*...

Ele queria ajuda para arrastar seu baú até a *rua* Guadalajara. Dez mil cruzeiros só para subir para aqueles lados. Transformei minha camisa em almofada e pus a mala na cabeça. Do jeito que estava, com sua calça transparente e suas sapatilhas, achei que era veado. A mala devia conter revistas, material para alguma patuscada... Mas ele me fez entrar num apartamento onde só havia livros, quadros meticulosamente emoldurados e partições jogadas na mesa. Pensei comigo: "Ainda bem que já embolsei os dez mil!" Ele me serviu um copo e disse para sentar no pufe de estampas bordadas com estrelas-do-mar. Apoiou-se na beirada da mesa e pôs-se a assobiar feito um idiota. No fundo, ninguém jamais será capaz de definir um tímido: um ser superior sem nada para dizer ou um naufragado pedindo socorro.

– O que você toca? Perguntei indo até a sua caixa de discos.
– Flautim. Na verdade, por enquanto mais clarineta.
– Nos clubes?
– Clubes, conservatórios. Por muito tempo dei aulas de solfejo e trabalhei como palhaço nos cabarés por quatro tostões. Estou voltando de São Paulo. É a terceira vez que perco meu lugar na Filarmônica.
– Você é daqui?
– Do Mato Grosso. Ainda tenho um tio lá, pelo menos tinha.

Como me irritava a mania que ele tinha de bater com o isqueiro na piteira deixando um dedo de cinza na ponta do cigarro antes de se lembrar que havia um cinzeiro na mesa de apoio. Ele nada perguntou sobre mim, o que me deixou cheio de complexos. Ainda assim, pus meu faro em alerta e o fui levando em banho-maria, fingindo adorar o retrato de Mozart emoldurado em uma das estantes:

– Você vai ao funeral?
– Só para o funeral? De jeito nenhum! Tenho muito mais o que fazer por lá. Bebe mais um copo, ainda tenho um tempinho e você me foi de uma grande ajuda.
– Oh! Não vou te incomodar por nada. Você gostaria de tocar clarineta? Meu antigo patrão tem um clube perto da ruelinha da Ribeira. Aos sábados, os marinheiros do Espírito Santo ou da Paraíba vêm comer um *bobo de camarões* e ouvir música. Você quer que eu pergunte?

– Pode ser divertido por um ou dois fins de semana. Depois, enfim, preciso me virar de outro jeito... Não antes de voltar do Mato Grosso.

Fui embora e corri para a casa do Palito.

– Palito, descola um terno de linho branco e um chapéu de palha que te sirva.

– O que te deu?

– O faro, a intuição...

– Não trabalho por intuição...

– Você não corre risco algum. Só precisa tirar onda de elegante e vir comer em Ondina. Se meu plano não der certo, ao menos terá sido divertido. Um palerma nos convidou ao Clube Espanhol.

Lá fomos nós a este jantar, Palito e eu. Como imaginava, o biruta nos chamou para beber na casa dele depois da sobremesa. Notei que as partições estavam arrumadas em uma estante acaju que ele não tinha acabado de montar. As portas tinham sido repintadas e um novo quadro pendurado na parede lateral. Havia detritos de cimento espalhados pelo chão. No dia seguinte, liguei para Sergio-chorão que me confirmou o que eu já sabia. É uma lástima, Escritore, apesar de tudo o que o cinema nos mostra, as pessoas insistem em guardar seus cofres atrás de um quadro! Como diz Sergio-chorão, meu biruta é regrado feito um relógio, sua agenda é um verdadeiro balé clássico. Despertar às nove horas. Das dez às treze, praia. Almoço às treze e trinta em uma *lanchonete* da *rua* Sete de Setembro. À tarde, solfejo. À noite, ele janta em casa e toca seus instrumentos até ficar com sono. Em uma semana, contei que ele foi três vezes a *Victoria* visitar um notário. Entrou na agência do *Banco do Brasil* de Ondina sete ou oito vezes. Mora no oitavo andar do Edifício Monte Cristo:

porteiro, cachorros, portão eletrônico e todo o resto. Mas o prédio foi construído em um desnível. Dá para entrar pela varanda por trás subindo pelo galho de uma das inúmeras árvores que crescem à beira do precipício.

 Deus seja louvado por ter feito um artista! Quando Sergio-chorão me contou do papelzinho que encontrou perto do cinzeiro durante sua "visita de inspeção", achei que o biruta tinha adivinhado minha intenção e queria me dar um presente. Sergio decorou os seis números. Enfim, seria fichinha... se ao menos eu pudesse decidir. Tenho a noite toda para isso. Não posso continuar nessa espera. Agora é a hora do veredito: ou o biruta ou o doutor.

Há alguns anos, Escritore, não me faltavam ocasiões e agora elas se encolhem dia após dia como uma estrada nas montanhas. Eu poderia ter sido marinheiro, tecelão, funcionário público ou estofador de cadeiras. Hoje seria provavelmente mecânico nos confins dos Estados Unidos se tivesse seguido aquele cara que se dizia pastor batista num vilarejo do Arizona e que tinha aberto lá um centro de acolhimento para pessoas como eu, as que não tiveram sorte. Só que eu não suportava sua verruga no meio da testa nem seu cheiro de alho. Que idade tinha eu na altura? Já tinha vencido Samuel, estapeado Palito em uma briga de bicicleta, ferido os olhos de Leda-pálpebras-de-coruja com um jato de ácido, e já conhecia o delegado Bidica. Mãe Grande ficou muito triste. Ela preparou minha bagagem:

– Vai atrás da sua felicidade. Lá você vai ter uma profissão, vai comer feito égua de corrida. Se ficar rico e eu ainda estiver viva... vamos ver. Caso contrário, não se preocupe comigo, saberei me virar sozinha mesmo se perder as duas pernas.

No dia da partida do americano, me escondi em Bonfim para pescar mariscos. Mãe Grande ficou muito orgulhosa quando me viu trazer um cesto cheio, quase transbordando. Ela me encheu de beijos antes de me pôr na cama:

– Você viu o que ele queria, esse monstro? Me tomar meu pequeno! Que vá para o inferno! Nós vamos viver só nós dois e você vai ver o quanto eu vou rezar para que nada de mau te aconteça.

E ela teve razão de me manter ao seu lado para ajudar a acender o fogo e a levantar sua perna para que não atravessasse o piso. Deus a ouviu! Muitos companheiros se estrumbicaram assaltando bancos. Eu ainda estou aqui com meus dois olhos no lugar. É verdade que não tenho mais todos os sonhos que me transportavam quando pequeno e que me abandonaram um a um, como os dentes que perdemos brigando com a idade. De todas as opções, me restam apenas o biruta e o doutor. Será que devo decidir nos dados?

Vou pelo biruta. Porém desde que você passou por aqui, Escritore, não sei se ainda tenho meus bons reflexos, se sou capaz de escorregar ladeira abaixo até o mangueiral sem arrebentar a clavícula e, em seguida, do mangueiral, pular na varanda sem ser notado.

Neste caso, o doutor... ele tampouco me agrada, não mais que o biruta, não mais que o pastor batista, não mais do que todos esses cachorros que me esfregam na cara seus privilégios de nascença. O doutor é uma espécie de girafa malcuidada com olhos profundos de desprezo e um fiozinho de barba do qual parece se orgulhar, mas que não vale um pelinho de passarinho. Ele fede, fede pior que alho, catinga velha e mofo de farmácia. Dizem que só tem quarenta anos. Ora, ele não dá um passo sem se dobrar em dois, com o queixo enfiado no buraco do peito feito uma estaca e as mãos cruzadas por cima do umbigo sustentando juntas o peso do cansaço. Dizem que estudou em Londres, Paris e em um monte de escolas famosas nos Estados Unidos. Não tem muito tempo que o vimos chegar aqui. Ele borrifou inseticidas para matar os vagalumes e um produto da sua invenção para afugentar os pássaros. Depois se voltou para as ruinas da faculdade de medicina equipado de um galão de solvente e de uma gama de pás e vassouras. Semana após semana, o vimos eliminar as ervas daninhas, endireitar as vigas, reorganizar as velhas pedras, renovar as fachadas. Naquele tempo, ele ainda não cheirava a formol e tintura de iodo, mas a desinfetante e terebintina. À noite, quando ia embora, saía cheio de sujeira na gravata e restos de cal nos braços e no rosto. Parecia um estudantezinho voltando do trote. Ah! Sua pele cerosa e seus olhinhos azuis como dois botões de centáurea no fundo das órbitas! Mas o que mais me dá nojo é a cortesia que ostenta. Se vai ao centro comercial da Piedade, cumprimenta até os manequins. Seja você vadio ou famoso, ele te para na rua para perguntar como foi seu dia e depois não diz mais nada, fica lá te encarando, esperando que você tome a palavra: "Comigo tudo bem, mas e com você?" Um dia ele aprontou essa com Palito:

– E você, tudo bem?

– Mas é a você que devemos perguntar!, respondeu veementemente meu amigo que desconfia um pouco do gênero humano fora do círculo do Pelourinho.

Eles pararam no campo aberto do *terreiro de Jesus* e o doutor começou a balançar seus pobres braços:

– Calma, não precisa ficar nervoso... As pessoas, não dá para entender, ficaram, como dizer, muito afetadas, muito imprevisíveis. (Ele fazia gestos em direção à igreja de São Francisco e aos *sobrados* abandonados da *rua* João de Deus.) Olhe bem para isso. É preciso um outro coração para viver aqui plenamente. Um outro coração, um outro olfato, um outro jeito de andar. Estas casas, estas árvores, estes sinos manchados de ouro e sangue exprimem uma outra época, antes, como dizer, antes que se instalasse aqui a era do blefe, do como se fosse, do efêmero. Para mim, é questão de honra não ser do agora. Acredito no que antecedeu minha época e no que poderá sucedê-la, a menos que tudo se exploda até lá. Veja esta faculdade de medicina, todo mundo passava na frente sem se preocupar com sua sorte como se ela fosse o cadáver de um bicho qualquer. Mas ela não está morta, porque ela tem uma alma, ela foi feita para desafiar o tempo. Eu a refiz como era antes, sim, senhor, fui eu sozinho como você está me vendo, tão linda quanto ela era antes. O mesmo cheiro, os mesmos instrumentos, as mesmas lancetas, as mesmas curetas e bisturis, as mesmas mesas de curativos que se usava antes. Recolei a cerâmica, engessei as colunas, replantei anis e manjericão na frente da rotunda. Vou me instalar aqui para cuidar dela, sem água corrente, sem eletricidade, só com álcool e gesso! Você vai ver que também se avança em sentido contrário. As doenças, as de antigamente que não foram repertoriadas e as de depois que vão levar alguns, são elas que me interessam. Quero devolver à medicina seus capítulos esquecidos. Reconstituí um milhão de esqueletos no Oregon, costurei ratos no Texas e no Colorado. Ganhei muito dinheiro e uma série de ideias que pretendo experimentar nesta velha cidade que me viu nascer. Você está entendendo, rapaz? O que me diz sobre isso?

– Ela é bem boa. Mas conheço uma ainda melhor: a de me dar uns trocados para beber no Nissei da *ladeira da praça*. Essa história que você contou acabou me dando sede.

– Não, meu querido. Tudo para a faculdade! Um memorial custa caro. Logo todos vêm ver, aconteça o que acontecer.

– Pois então que ele queime até o teto, seu memo...

– Não vá embora. Como vai seu amigo da avó doente?

– Você conhece...

– Claro que não. É por isso que estou perguntando. Nada me interessa mais do que o que não conheço.

– *Vai te foder*, macaco velho!

E Palito, que não gosta que roubem seu tempo à toa, cuspiu na cara dele. Depois ele veio me contar a cena tal qual ela aconteceu. Prometi a mim mesmo dar um jeito de intimidar esse cretino de doutor. Porém, alguns dias mais tarde, ele é que veio me ver. Ele me encontrou aqui nessa cadeira de *jacaranda*. A mim também despejou coisas extravagantes, do estilo das que deram enxaqueca em Palito. Eu o escutei até o fim para chegar no ápice da irritação, assim teria um motivo para arrancar seu focinho. Fui rapidamente acometido por um riso incontrolável, de tão insólito que ele era com sua boquinha de lábios leporinos e seus ares de palhaço querendo se passar por gente séria. Antes mesmo que eu decidisse qualquer coisa a seu respeito, ele me disse:

– Sua avó está muito doente, não é mesmo?

– Foi Palito que contou, velho lobo?

– Não, de jeito nenhum, todo mundo sabe de tudo aqui. E eu, de todo modo, sei ainda mais do que os outros. É... é o meu trabalho, afinal!

– Mãe Grande não gosta de doutores, e eu menos ainda.

– Eu nunca me aproximo para machucar.

Ele estava ali na minha frente, frágil, pálido, quase translúcido, uma personagem de folha de vidro que eu poderia destruir com um polegar, que me olhava com um olho deliberadamente condescendente como se tivesse meus pés e mãos atados em sua armadilha.

– De modo algum, disse eu, notando que ele pediu um *guaraná* para ele e nadinha a quem ele só queria o bem.

Ele parou de falar e arregalou os olhos diante dos quadros inocentes de Careca e daquele monte de berimbaus suspensos no teto. Fui logo dizendo qualquer coisa para evitar a ladainha:

– Curar Mãe Grande, não é isso que você quer?

– Eu queria primeiro ir lá ver. Nos dias de hoje, acredita-se que a doença foi identificada e que só é preciso vencê-la. Gostaria de provar o contrário. Para mim, tem tantas doenças desconhecidas quanto galáxias inexploradas... Um problema de perna, é isso? Com crostas jamais vistas...

– Uma perna que ficou dez vezes maior do que a outra, que fez um buraco no piso de tanto proliferar. Em certos lugares, é uma massa branca onde toupeiras se divertiriam fazendo buracos; em outros, verdadeiros torresmos. Nunca se viu nada igual. Nem mesmo Juvenal que conhece várias dessas diabruras que um corpo pode dar.

– Eu posso ir lá ver?

– Já adianto que não tenho um centavo.

– Melhor assim, porque sou eu que vou pagar. Sim, eu cuido e depois pago. Veja você, eu faço tudo ao contrário.

Pensei comigo que das duas uma: ou esse cara é normal e está tirando onda com a minha cara, ou sua loucura é mais estranha do que a doença de Mãe Grande.

– Você não acredita em mim? O contrário seria surpreendente.

– Doutor, se estiver de brincadeira, vai pagar caro.

– Nem sempre saio da faculdade e vou para a cama. Se não me vir no laboratório nem no átrio, suba até a cúpula. Meu consultório é lá.

Adivinha se não fui, Escritore. Tropecei em gorilas empalhados, fetos em frascos, diversas ossaturas de mamute, mulheres corcundas e velhacos com o crânio estourado! Uma verdadeira zona de pré-história! Acabei encontrando o tal consultório. Ele estava lá falando sozinho e observando uma tarântula com uma lupa em cima de um papel salmão.

– Mas ninguém nunca viu você cuidar de nenhum doente!
– Ainda não, é verdade. Mas veja que estou me preparando. Repare na cama de sua avó. Ela pode vir quando quiser.
– Ela pode morrer a qualquer hora. Sua perna já não é deste mundo. O resto vai junto.
– Viva ou morta, para mim não tem nenhuma diferença.
– Pode guardar seu dinheiro, nunca vou fazer isso com Mãe Grande.
– Eu pago bem.
– Vai se foder, velho chacal, devorador de cadáveres!

Fui para casa chafurdar na velha poltrona, entre Janaina que espumava de raiva e Mãe Grande que olhava seu monstro de perna como se estivesse no zoológico, dando nós no cordão do pijama para ocupar as mãos. Mas, curiosamente, senti uma espécie de alegria interior, como me acontecia às vezes quando via as tribos de *gringos* correndo na pista do aeroporto.

– Por que está rindo sozinho?, perguntou Mãe Grande.
– Não estou rindo, *Mãe*.
– O que aconteceu de tão bom, então, para você mostrar todos os dentes?

Não ousei confessar que estava simplesmente feliz por vê-la em sua cama de canas com seu rosto redondo, terno e enrugado; ver que ela vivia apesar de tudo naquele cômodo onde nasci; e porque ela também podia me ver e ver o pátio queimado pelo sol, recoberto de pedras, de roupas velhas e de mangas podres, este pátio onde ela me viu dar meus primeiros passos. Pensei que no fim das contas eu tive sorte. Olhei para Janaina e a vi se desenrugar por uma fração de segundos antes de desviar o rosto para a doçura da penumbra. Explodi de rir e disse em voz alta:

– Que ele vá para o inferno!

O imbecil me seguiu até as escadas. Ainda posso ver o babaca apoiado no corrimão, esticando seu envelope enquanto eu atravessava o jardim:

– E não se esqueça, querido, eu só pago em dólares!

CAPÍTULO VI

O desgraçado carrega a marca da sua desgraça até no timbre da voz, Africano. Sei reconhecer os trombadinhas do Maciel até dentro de um coro da ordem dos mínimos. Eu ainda os ouço muito tempo depois que Monica fechou o Kalundu. Eles ficam na fachada da *casa* de Jorge Amado fazendo guerra com arminhas de água e cascas de laranja. Dançam sob a janela do Banzo, mas Palito não os deixa entrar porque não têm nada nos bolsos, porque são muito pequenos, porque são sujos, aflitivos e feios, porque xingam todo mundo, porque são capazes de te roubar o retrato de algum ente querido pelo simples prazer de irritar. Eles tentam entrar pelas escadas de onde Palito os enxota com uns tabefes. Voltam para debaixo da janela do primeiro andar para provocar com suas pipas os clientes que se refrescam inclinados para fora. Nas noites da Benção, eles chegam com suas calças esgarçadas, sem camisa e com pinturas de arrebique. Importunam rapazes e moças, correm atrás da multidão na *praça da Sé* e vão até o Carmo batucando em baldes. Esses cretinos batucam tão forte que mal dá para ouvir o som das guitarras e a voz arranhada dos cantores empoleirados nos telhados. Só com a orelha já consigo sentir o fedor e a crueldade de Nalva, a trivialidade de Sergio-chorão, saber se Paulino está com eles, ou outros, se eles vêm do Maciel, de Nazaré ou do Carmo. Tarde da noite, quando tudo já acabou e só dá para ouvir o barulho do gerador, as pregações de Samuel e os grunhidos dos cachorros, eles recolhem rolhas de cortiça e saltos de velhos sapatos para bater em minha janela. Se esses lixos desgraçados que só têm a praça para morar acham que podem me humilhar, estão muito enganados!... Conheço suas diabruras, e tanto e tanto, cruéis abelhas, que a minha resignação é agora mais forte do que todas as suas insanidades. As vidas se sobrepõem e eu já não sou mais daqui. Atualmente sou de outro mundo, bem ao lado do seu, e meus sonhos são tão reais quanto a luz da praça. É verdade que o quarto onde vivo está repleto de bolor, baratas e vespas, mas é um verdadeiro projetor: eu, Leda-pálpebras-de-coruja, capto tudo, todas as imagens emitidas pelos vivos e pelos mortos. Por Deus, não posso reclamar. Há muito tempo que matei as palavras vãs dentro de mim deixando apenas as que salvam. Aliás, Gerová diria que a culpa é minha, que eu deveria abrir mais vezes a janela, recolher os trapos espalhados, dobrar os bubus da melhor maneira possível no fundo do armário. Ela me cuspiria na cara: "Na verdade, você que provoca. Veja como estão entediados, por nada já ficam elétricos, você deveria saber..." Veja, eu vivo isso como quinze minutos difíceis no dentista. Eles bocejam, proferem insultos, mas, para mim, são apenas sombras vulgares se agitando no asfalto. Eles não sabem o que a praça significa, passam ao lado de sua alma. Não precisam ir embora para que o pó e a neblina desapareçam e tudo se irradie num piscar de olhos...

No Dia de Reis, todos se vestiram com capas e mantas e a praça foi recoberta por canteiros de flores e areia branca. Postes e candelárias brilham nas varandas e janelas. Estudantes fantasiados de pastores cantam a chegada dos Reis Magos em frente às casas e jogam limões de cera com água perfumada nos transeuntes. O semicírculo cresceu até as imediações da igreja. Uma multidão se amontoa nos terraços. Alguns subiram no teto do barracão para ver melhor. João dá dez chicotadas de uma vez no nagô amarrado no poste. Depois, ele se volta para o velho branco jogando ao longe seu chapéu:

– Pois bem, senhor *Juanicio de Conceição de Araujo*, não tenho conselho para te dar, mas teria sido melhor comprar uma mula!

Com uma tocha na mão, o velho branco avança alguns passos até o escravo e diz com uma voz agitada:

– Eu sei o que você está querendo. Morrer na frente de todo mundo, posar de mártir e depois humilhar feito cachorro o senhor que Deus te deu!

– Já estamos no nono dia, disse alguém, seguido de um longo murmúrio de aprovação da multidão. – Que morra logo, se é o que ele quer. O senhor terá perdido um escravo e um monte de aborrecimentos, *senhor de Araujo*!

– Você não vai ter sossego antes da meia-noite. Não vamos fugir à regra ainda que cuspa um pedaço dos pulmões. A menos que queira nos fazer perder a festa...

– Tenho para mim que é isso o que ele tem na cabeça, *senhor de Araujo*, diz João dando distraidamente pequenas chicotadas em seus sapatos.

– Você não quis me ouvir, diz o rapaz moreno. – Se tivesse me ouvido, tudo isso já teria acabado.

A mulher sai da penumbra onde estava encolhida. Agora está toda descomposta e com a voz rouca:

– Vou pedir que me chicoteiem na frente de todos. Que me rasguem a pele, esvaziem meu sangue todo até chegar em seu bebê! É isso que você está querendo, pobre imbecil?

– Allagbada!

– E não é que ele responde quando jogam confetes, diz o negro de sobrecasaca. – Ah, vocês nagôs, como são tolos!

Na verdade, o escravo não respondeu. Ele apenas emitiu um suspiro infeliz. Os outros ouviram "Allagbada" porque é o que ele vem repetindo há nove dias, duração de seu suplício somente interrompido por períodos de sono. Não é mais um humano, nem mesmo um escravo, é uma coisa dilacerada por toda parte, avermelhada de sangue, apática e flexível, um imenso boneco de trapo, uma massa de cordões...

– *Senhor de Araujo*, retoma o negro de sobrecasaca –, deixa esse pobre homem ganhar a *senzala*. Vai ver como muda de ideia quando cair em si.

– Ele foi condenado à novena. Você deveria saber, Alberto, apesar de ser alforriado... Vamos, prendam Silvera, vamos ver se ele tem coração, já que lhe falta juízo.

João joga a corda e retém um pedaço para castigar as costas da mulher.

– Allagbada, murmura de novo o escravo.

– Chega de brincadeira, João. Tira a roupa dela e não tenha dó, faça uso do porrete!

– Não, urra o nagô tentando endireitar a cabeça oscilante e ensanguentada.

– Então diga qual é o seu nome.

– Innocencio, respondeu ele, enfim, desmoronando.

– E o que mais?, diz o velho branco.

– Innocencio *Juanicio de Conceição de Araujo*!

– Ufa! Sabia que essa gente não tinha honra nenhuma. Ele só queria nos torrar a paciência e bem que conseguiu, esse asno.

Nos dias seguintes, quando a vertigem me tomou novamente, Samuel andava sem destino (ah! com seu bócio e seu velho boné nagô!) na mesma praça em pirâmide invertida, espécie de funil pelo qual a multidão se propaga em direção ao Carmo ou ao Corpo Santo, com as mesmas *cabessas negras*, o mesmo vapor úmido, os mesmos maus cheiro, os burburinhos de alegria e o molejo das meninas. Tudo isso está inscrito em mim como em tantos livros velhos impossíveis de folhear, como tantos caligramas de um destino sem pé nem cabeça que se revela no caos sob a luz de Exu. As lembranças e os sonhos, o presente e o passado são verdadeiros fios desenrolados – e de melhor qualidade do que os de Gerová – que tecem uma trama surpreendente para me distrair, eu, Leda-pálpebras-de-coruja, a miserável, mas filha de Madalena. Vou dizer a esses canalhas que eu não sou uma qualquer resgatada por uma boa alma na *praça Quinze Misterios*, trazida para cá como objeto de coleção ou criatura de circo... Na Baixa de Cortume também zombavam de mim. Mas sei que minha pele não tem nada de anormal. Balbino, o pai de santo, foi quem disse quando Madalena o consultou por sugestão de Ignacia:

– Essa pequena tem um namorado: é Exu, o vicioso, deus da perfídia, da ironia e das metamorfoses. O que será que ele fará dela?

– Mas ele fez quatro pessoas de uma vez!, queixou-se Madalena.

– Estou vendo. Quatro pessoas para os quatro dias da semana iorubá: branca, mestiça, índia ou negra... Mas que ardiloso! Espécie de velho faceiro! O que você vai fazer desta pobre pequena?

Ignacia aproveitou para acrescentar:

– A minha se chama Lourdes...

– Lourdes! Para ela eu vejo água, um longo braço de rio. A doçura, o sonho, a resignação... é filha de Iansã. E eu, minhas senhoras, não posso fazer nada. Já está tudo traçado. A vida se dá em um palco, nós subimos para divertir os deuses.

Balbino não foi lá muito convincente com sua *vayala*[8] e o jogo de búzios, mas pelo menos eu soube ali que não era um monstro. Aliás, a despeito do que dizia Maria, acabei por receber uma raça de verdade agora que a velhice me espreita.

Sim, eu vou dizer para esses canalhas como direi para a Gerová que fui uma criança como as outras, que tive direito ao feijão e aos risos. Minha mãe Madalena me protegeu e cuidou de mim como uma bela planta agradável aos olhos. Ela teria feito de tudo para me defender, fosse pôr a capela do avesso ou reter o vento.

Quando cortou o saco do meu pai, achei que ela perderia suas forças, que nunca mais se levantaria. Aliás, quando cessou seu riso louco e os policiais cercaram o quarto, ela foi tomada de melancolia. Atrás das grades da sala de visitas, uma lágrima escorreu sozinha em seu rosto no momento em que Ignacia, Lourdes e eu nos preparávamos para pegar o ônibus de volta. No entanto, semanas depois, uma vez que paramos de mendigar nas igrejas, nos vizinhos e na Sociedade Protetora dos Indigentes para molhar a mão daquele advogado vigarista, ela voltou a ser aquela que me pôs no mundo. Pôs-se novamente a descascar bananas e a lavar roupa na água do córrego. Apalpava meu corpo conferindo se eu tinha crescido e morria de rir quando Ignacia vinha beber um dedinho de *cachaça* ou falar de negócios. Enquanto isso, Lourdes e eu nos distraíamos caçando girinos e rãs ou imitando trapezistas em cima do rochedo. O que não me impedia de me esconder atrás da cortina de trepadeiras para espiá-las descontraídas, sentadas na frente do nosso barraco, perto do barril de latão e do cesto de bananas. Elas falavam de

---

8 Possível referência à "valhala", termo que remete à mitologia nórdica, mas que, por extensão, significa santuário. [N.T.]

tudo e nada, especialmente da velha Aline, a que um dia caiu bêbada num poço que ela confundiu com a latrina do cantinho das samambaias. Elas consentiam como crianças gritando: "Oh! Mas é claro, minha cara!" ou "Como preferir, senhorita!" E caíam nos braços uma da outra rolando até o jardim.

Às vezes via Madalena andar sozinha até o cemitério. Ela ficava lá um bom tempo, agarrada numa raiz para não cair na ribanceira. Do arbusto de onde estava, só a via de costas, mas recebia dela como um fluxo de tristeza. Eu adivinhava que ela tremia, que seu rosto se contraía, eu a via levantar uma mão, talvez para enxugar uma lágrima. Depois se ajoelhava, fazia uma oração e colocava uma flor de begônia no túmulo de Fernando. Voltando para casa, e como ela contornasse o barraco de Ignacia, já estava alegre feito um passarinho:

– Coração-alegre, está especulando ou dormindo?

– Estou contando o dinheiro, anjinho-faceiro. Você nem imaginava que eu ganhei na loteria, hein? Uma bolada só para mim!

– Não, fada-encantada, sou uma adepta da discrição. Não me meto nos negócios dos ricos.

– Você está errada, asas-de-beija-flor. Desse jeito nunca se tornará uma.

Eu podia ouvir sua risada até quando ela estava sozinha no barraco ou no cantinho das samambaias. Ela ria e cantava a canção com uma voz quente, fanática, com um vibrato cruel capaz de desviar meu ouvido do caos do boteco ou do trânsito da autoestrada:

Éku lai lai
Éku a ti djo
Saúdo os homens
Que não vejo

Há muito tempo
Éku lai lai
A vergonha queimou meus olhos
Meu coração apertado de amor
Está mais seco que a akine
Desde Onim
Épé
Éko
Desde que me deixou
A velha serpente de Ouidah

Vou dizer de uma vez por todas a estes vermes nascidos do incesto que eu não sou uma envergonhada margarina que se derrete quando insultada. Sou resistente. Foi lá, na *favela* de Baixa de Cortume, que fabriquei minha bela armadura, posso atravessar delicadamente um território povoado de anacondas. Se não sentisse tanta pena, até riria deles! Eles desdenham dos pequenos e grandes, tropeçam no asfalto da praça e eu vejo tudo, até a cor da merda deles. Afinal, quem de nós tem pálpebras de coruja?

O mundo pode sempre se vangloriar, ele nunca será tão grande quanto a órbita do meu olho. Eu o tenho por inteiro sob o espetáculo das luzes. Exu fez do meu quarto o resumo de um reino. Aqui eu tenho tudo o que preciso para te esperar, você que vem me buscar e me levar à terra dos mognos africanos. Preciso sobreviver até chegar o momento. Conquanto que não esqueça nem a canção nem a simpatia (aquela que preciso recitar, segundo os conselhos de Madalena, cada vez que sentir que Deus está me abandonando):

A desgraça me procura
Não lhe quero mal

O sol me queima
Não o apaguei
Se o ferro se quebrar
Que a mim nada me corte

Nós continuamos a viver, felizes apesar de tudo, mesmo depois que ela deixou eunuco o *Zeze-cachorro* do meu pai. Todos aqueles pequenos prazeres que moldaram minha infância! Meu coração transbordava de alegria ao vislumbrar o pálido focinho da aurora se remexendo debaixo da porta, o orvalho esbranquiçado que rolava como mercúrio sob as folhas lisas do inhame. Ignacia fazia as vezes de um pai, ou de uma segunda mãe. Eu a revejo como ela era, corpulenta, apressada, naturalmente imperiosa. Sentia um prazer terrível em pentelhar e azucrinar Madalena, escondendo sua jovialidade sob uma máscara de carrasca:

– Então, coração-alegre, e estas cascas de bananas? Já contei três dias que estão espalhadas na frente da sua porta. Tire logo isso daí, e rápido!

Chegava de improviso fingindo estar muito brava, tendo ela mesma já transportado a metade do corpo de delito até o grande barril que servia de lixo.

– Coração-louco, a pequena não vai almoçar hoje?

Ela pegava um pedaço de *aimpim* ou uma barra de *rapadura*, depois ia buscar carvão, reposicionava o fogãozinho, acendia o fogo fingindo ser um grande artífice. Lourdes e eu nos escondíamos atrás da porta para folhear nossas revistas velhas e brincar com o dado. Dávamos uma olhada em nosso futuro matrimonial:

– Você, dizia Lourdes, – com a pele que tem, não vai ter problema em arranjar um *yoyo* num desses bairros chiques que brilham na beira do mar.

— E você vai ficar com o amigo dele.
— Será que ele vai me querer?
— Está tudo certo. Já falei com ele.
— Talvez ele não me queira...
— Então você fica com o meu. E eu arranjo outro.
— Até um velho vendedor de inhames?

Uma manhã, enquanto comia, Madalena engoliu algo atravessado. Pôs-se a tossir, agarrando-se ao colarinho de Ignacia como se ali fosse encontrar o ar que lhe faltava. Quando recuperou os sentidos, Ignacia aproveitou para interpretar o papel que mais gostava, o de enfermeira:

— Coração-louco, essa tosse é muito grave! Abre a boca para eu ver o que você esconde nela.

Ela auscultou como uma verdadeira especialista, depois emitiu um grunhido bem feio:

— Tudo isso me cheira muito mal! Com o carnaval chegando... Quando você tosse, bate nas paredes da garganta.

Madalena se abanava com a barra do vestido e falava com hesitação, incomodada com a situação:

— Ora, Ignacia... para com isso, anjinho-faceiro, não tem por que se preocupar. Me acontece de tossir assim duas ou três vezes por dia. Não sabia que ao fazer isso cometia um crime!

— Não seja criança. Você precisa ver o Juvenal. Com suas ervas selvagens e a azedinha da Guiné, essa história será apenas uma má lembrança... até porque não te dói a língua, nem os lábios, nem o peito...

Ela foi buscar Juvenal. Este preparou suas poções e exigiu como pagamento o equivalente a dez dias de *banana-real*. Tudo voltou ao normal.

Mas a preocupação voltou a aparecer logo depois do carnaval. No início, foram as dores de cabeça, aquelas que, dizia

Madalena, lhe martelavam o crânio. Nos primeiros dias, elas duravam apenas alguns segundos. A dor se instalava lentamente até a deixar surda:

– Não quero que me dirijam a palavra. Já tenho muito o que fazer com toda essa algazarra que eles estão fazendo aqui neste canto da cabeça.

"Eles" eram os diabos, depois os pedreiros, os soldados, os trilhos ferroviários e assim por diante à medida que perdia o juízo. Ela punha um lenço na cabeça e, quando estava muito mal, acrescentava uma bacia por cima para não ouvir "os seres" que a incomodavam.

Em certos dias, tudo desaparecia como mágica. Ela se instalava em seu banquinho para descascar as bananas ou remendar uma montanha de trapos velhos. Eu vinha para junto dela expressar minha compaixão:

– *Maeninha*, hoje a cabeça está boa como você quer?

Ela reagia assustada como se ouvisse um insulto:

– Que cabeça, abestalhada? Está brincando comigo?

Retomava o trabalho e o refrão da canção.

Depois das dores de cabeça, veio a tosse, a verdadeira, sufocante e terrivelmente catarrenta que a deixava dobrada pela metade durante uma meia hora em cima do braseiro, do córrego ou da pia. Ela abria as duas pernas para atenuar os chacoalhões que levantavam seu busto. Eu ia buscar Ignacia que me ajudava a deitá-la, me ensinava a lhe dar o mingau e a fazê-la beber para acalmar a tosse.

Seu estado melhorou bruscamente no fim das chuvas. Juvenal afirmou que dessa vez ela estava definitivamente curada e jurou com seus dez dedos mergulhados num banho de ácido que isso nunca mais aconteceria, que ela morreria certamente pois nasceu para isso, mas de outra doença que não fosse a que ele tinha acabado de curar. Ela recuperou seu peso e seus velhos costumes e nos chamou para dançar no boteco na noite de São João. No dia seguinte, pôs-se de quatro para abater uma galinha-d'angola. Comprou vinho da Argentina e uma garrafa de *cachaça*. Chamou Ignacia e Lourdes para festejar ouvindo rádio. Fantasiou-se com esmero para imitar a velha Aline: indo ao cantinho das samambaias com uma chaleira de água na mão, entrando no boteco sem um centavo no bolso, surpreendida por uma diarreia, pechinchando um pedaço de *salsicha* no armazém...

– Coração-louco, dizia Ignacia, essa é a saideira. Amanhã tenho roupa para lavar e todas essas bananas para descascar.

– As meninas vão mais tarde do que nos outros dias. Na *rodoviaria* sempre tem gente com aquela fominha.

– Coração-louco, estou indo.

– Fada-encantada, fique onde está!

Eu via as brasas se apagarem uma a uma como uma profusão de estrelas sendo engolidas pelas nuvens. Lourdes tinha adormecido contra a quina do armarinho. Ignacia tentava carregá-la oscilando entre o braseiro e a cama:

– O último copo, dessa vez, o último de verdade, Coração-louco!

– Fique aí, é uma ordem!

A encenação ainda durou mais uns dez minutos. Ignacia acabou indo embora com Lourdes nos ombros. As sombras que levaram com elas nos pedregulhos do pátio as transformavam em um unicórnio. Durante muito tempo fiquei olhando aquelas sombras grosseiras, frágeis e tenebrosas. Pensei comigo: "Oh! Oh! Como são feias, oh! meu Deus!", e fui me deitar.

No dia seguinte, mamãe morreu.

CAPÍTULO VII

Perdão se nem sempre compreendemos o que você queria de nós. Mas admita que, vista do *barzinho* de Preto Velho, sua história parecia bem complicada. O amuleto, eu entendia. Estamos todos aqui sob a proteção de uma figa. Basta ir ao *terreiro* de Balbino. As meninas virgens se exibem com tigelas de búzios e colares de pérola em seus seios nus. Dançam para o deus que preferem agitando sinos agogôs. Caem contra uma parede, mortas pelo deus, quando o *dubatu*,[9] que é quem toca os tambores, exagera na esfera das notas. Elas também carregam uma figa em volta do punho, do pescoço ou, para as mais apaixonadas, dos quadris. Porém nunca ninguém me disse nada sobre essa estranha tribo dos mahis. Homens cuja brincadeira consistia em encostar a mão no cume das palmeiras enquanto o árbitro conferia se os pés se mantinham bem fincados no chão. Eles retinham com um só braço três touros de sete anos. E diziam ao leão: "Você tem suas garras e eu minhas bolas, chegue mais perto se for o rei". Recebiam suas mulheres a um côvado de distância, o espaço necessário para o membro se esticar. O chefe, Ndindi-Furacão, possuía cem esposas, cerca de mil filhos, dez vezes mais bois e o mesmo tanto de ovelhas, de cabras e de toda e qualquer espécie animal que o homem pode domar. Ele tinha um calombo no joelho e um lema um tanto curioso: "Façam de mim o pior dos escravos se eu cruzar um inimigo e não o cortar em três partes". Seu povo semeava o terror no golfo da Guiné. Por duas vezes ele

---

9 No candomblé, essa função é desempenhada pelos ogãns. [N.T.]

dominou o forte de São Jorge de Minas e obrigou os holandeses a pagar um imposto para que em troca pudessem vender tecidos de Java em suas terras. Ele sequestrou um emissário do rei de Portugal e tentou incendiar o forte de Ouidá. Mostrou aos portugueses que deveriam deixar ali uma parte das barras de ferro que traziam do Congo. Desprezava com uma suprema arrogância os outros povos da região. A seu ver, os fulanis eram desprezíveis e medrosos, os jejes bárbaros como uma matilha de cães selvagens, os iorubás uns efeminados supersticiosos, os hauçás, podres comerciantes capazes de vender a própria mãe mais barato do que uma barra de sal. "Não precisamos plantar mais nada. Vão atrás desses pulguentos e os tragam como escravos para trabalhar em nossa terra enquanto brincamos de arco e flecha. E se não estiverem satisfeitos, nós os vendemos aos Transparentes."

Em uma noite de vitória, Ndindi bebeu sozinho vinte barris de vinho de palma. Vinte. Você me disse mesmo vinte, Escritore! Como isso é possível? O fato é que ele dançou aquela dança a ele reservada e cujo nome você não mencionou. Quando ficou bêbado a ponto de encostar num braseiro sem piscar os olhos, chamou seu povo:

– Façam de mim um vil escravo se me mostrarem qualquer coisa que eu não seja capaz de vencer e dominar.

O griô, que segundo o costume não tinha nem metade da embriaguez de seu rei – e igualmente duas vezes menos esposas e duas vezes menos tudo o que ele possuía, respondeu:

– Jamais, Ndindi, você encontrará mais forte dentre toda essa cambada de vivos. O povo se orgulha de obedecer ao maior chefe coroado na terra.

– Serei ainda mais forte se vencer alguém mais forte do que eu. Encontre o que eu estou pedindo, caso contrário será decapitado antes que eu me venda aos Transparentes. Griô, que preparem os cavalos! Pegue tudo o que for preciso: mulheres, guerreiros, armas, carnes, cereais e mel. Varra a vasta savana e a insondável floresta. Você, Allako, com esse tamanhinho de pigmeu, é o mais rápido de todos. Sua missão é vir me avisar assim que encontrarem o que eu, Ndindi, estou exigindo.

O diabo do Allako era tão rápido quanto a luz. Uma vez por semana ele voltava de um país distante: "O rei dos mossis é mais forte do que você." E Ndindi cortava a cabeça do rei mossi. "O rei dos Éwés é superior em altura, em harém e em coragem." E Ndindi castrava o rei e os generais éwés...

Se o griô voltasse para reconhecer sua impotência e convencesse Ndindi a ser coroado como imperador, eu entenderia. Mas depois do que disse o rei, ele teve medo. Por isso explorou outros reinos, outros céus onde nenhuma águia ousava voar e nenhum rei ser coroado. Cansado de procurar, ele se infiltrou na floresta e fez sua última oração, já se preparando para voltar de mãos vazias e encarar a fúria do mestre. No sétimo dia da sétima semana no sétimo mês... (Era engraçado, Escritore, a devoção que você tinha pelos números. Certamente vinha do baú dos ancestrais, como sua figa e a inocente confiança que tinha em sua própria palavra. De modo que você só podia venerar o *Mercado de Sete Portas* e a *praça de Quinze Misterios*, esses lugares que logicamente assombraram os espíritos dos nossos antepassados.) Em suma, ele acabou cruzando com um velho ao pé de um formigueiro. Este se encontrava tão fraco que o exército se reteve para olhar como ele babava e remexia suas pequenas mandíbulas como se comesse grãos. A energia com a qual se levantou para interpelar o griô surpreendeu a todos:

– Você, griô, me dá um pouco de cola.

– Dou, meu velho, porque tenho bom coração. Mas saiba que sou da corte de Ndindi-Furacão, rei dos mahis, o homem cheio de fúria capaz de espantar até a varíola. Eu poderia te empalar sem incomodar sequer as asas de uma libélula.

– Me dá *tapioca*.

– Toma a *tapioca*, se está com fome.

– Você está enrascado, griô. Posso ver como vejo os frutos amarelos da alfarroba desta árvore.

– Não sei sua idade, velho indiscreto, nem seu destino, nem sua tribo. Mas como sou educado, vou contar tudo.

O velho escutou e disse:

– Você não omitiu nada do que eu já sabia. Tem cem conchas de búzios para me dar?

– Por que eu te daria cem preciosas conchas de búzios? O que você me propõe em troca? Sua tigela vazia ou essa montanha de moscas brancas devorando suas feridas?

– Me leva para ver seu rei. Eu mesmo vou mostrar o que é mais forte do que ele.

O griô deu o dobro de conchas que tinha pedido o velho e o apresentou à corte. Ndindi deu uma grande gargalhada que fez voarem os pardais:

– Este saco de ossos velhos pretende me mostrar quem é mais forte do que eu? Estou pressentindo, griô, que sua vida não será longa... pois bem, que me mostre logo, antes que o jogue aos urubus.

– O baobá, meu senhor, é que é mais forte do que você e do que eu: ele quebra seu punho sem nem mesmo reagir aos seus golpes.

– Ha ha! Então um espantalho desfolhado desse é mais forte do que eu! Pois que tragam os touaregs, os éwés, os agnis, os fulanis, os ibós, os hauçás, os jejes, os iorubás... Que o mundo inteiro venha ver o que nós outros mahis somos capazes de fazer.

Escolheram o baobá mais aterrorizante. Cada tribo delegou cem dignitários para ser representada. No dia marcado, Ndindi selecionou seus melhores guerreiros e discursou à multidão:

– Ouçam-me bem, tribos estrangeiras. Eu queimei suas casas, pus seus soldados e feiticeiros atrás das grades, desflorei suas virgens e decorei minhas paredes com a cabeça de seus reis. A mim não me basta. Vou mostrar algo que vocês nunca viram. Que dez lenhadores se aproximem munidos de seus melhores machados. Quero que derrubem este baobá. Quando ele começar a vacilar, vou me pôr debaixo junto de meus homens, e nós o reergueremos com nossas próprias mãos. Com um só movimento, vamos fixá-lo em sua raiz como ele está agora. É claro que se eu estiver mentindo, vocês me venderão aos Transparentes. Se hesitarem, queimarei tudo aquilo que vive na terra.

A árvore desabou e contaram os cadáveres às centenas. Ndindi escapou cheio de fraturas e contusões.

– Me acorrentem imediatamente e me levem ao litoral!

O griô fez uma reverência e tentou argumentar:

– Não tem nada não, Ndindi. Levanta daí. Grande Terremoto, reine ainda mais sobre nós para aterrorizar os jejes e os ibós.

– Depois do que aconteceu, não posso suportar que estes parasitas olhem para mim. Eu morreria de vergonha.

– Põe seu traje de guerra e vai ver como vão fugir.

– Me acorrentem, estou dizendo. Que me vendam no forte de Ouidá como qualquer outra criatura encontrada na selva!

Lá estava um barco prestes a aparelhar rumo ao litoral do Brasil. Antes de ser embarcado, Ndindi se dirigiu ao carcereiro:

— Eu, rei dos mahis, filho de rei, escravo voluntário, quero que me acorrentem duas vezes mais do que os outros. Que cada ombro meu seja marcado a ferro com a imagem da minha figa. E que fique claro para que ninguém se engane: com ferro vermelho e em tamanho real. Que assim seja para todos os machos do meu esperma e para os que saírem dos deles e assim por diante até o fim do mundo.

Tive que me contentar com essa história idiota até o dia em que fui tomar banho de cachoeira na Boca do Rio com Tigrado. Naquele dia, saindo da praia, comecei a te levar a sério. Pensei que talvez valesse a pena saber mais: de qualquer forma você tinha me prometido um milhão de cruzeiros... Conhecia Tigrado desde o tempo em que brincávamos juntos de imitar os trens nos quintais, mas era a primeira vez que tomava banho com ele. Então eu disse:

— Tigrado, por que não tira a camiseta para mergulhar?
— Aqui está cheio de sanguessugas e merda de criança. Dá para mergulhar do mesmo jeito com esse troço no corpo.

Nadamos por cerca de duas horas antes de comermos nossa provisão de *acaraje*. Depois foram os apitos, os empurrões, os gritos, o delegado Bidica chegando com sua horda de policiais. Deitaram Tigrado no chão e o algemaram. Tiraram sua camiseta para arrancar a bolsa que envolvia seu torso. Foi aí que entendi quem estava por trás do esquema dos dólares de um grupo de holandeses furtados no hall do *elevador de Lacerda*. O delegado Bidica me encheu de tapas e disse:

– Você está com sorte. Nosso informante foi categórico, dessa vez você está limpo. Mas da próxima não me escapa. Agora dê o fora, senão vem junto.

Eu o ouvia repetir "dê o fora! dê o fora!", agitando sua arma debaixo do meu nariz, mas não conseguia obedecer. Minha atenção estava toda em Tigrado, que os policiais beliscavam e pisoteavam na areia. Ele tinha sangue na boca, o corpo cheio de hematomas e se agitava feito uma truta tentando se desvencilhar:

– Devolve meu dinheiro! Eu vendi um lote de berimbaus, pode perguntar para qualquer um no *terreiro de Jesus*.

– Sem chance, acabamos de voltar de lá, do *terreiro de Jesus*... com seu irmãozinho que é uma graça e já confessou tudo.

– Então me dá cinco anos de prisão. Eu te como vivo assim que sair daquele buraco.

O delegado Bidica virou a cabeça para mim:

– Você tem um segundo para desaparecer.

Olhei o mar e depois as costas avermelhadas de Tigrado. Vi duas figas em seus ombros como duas tiras de cobre.

Não disse nada de primeira, Escritore. Não queria te excitar por nada. Precisava saber mais antes de contar. Além disso, estava mexido. Agora eu também queria compreender o significado daquelas velhas palavras, o fervor inigualável, o abandono de si, toda essa atmosfera na qual sempre estive imerso e que você apresentava como uma coisa nova. Veja, não me faça dizer o que não disse. Sua história nunca me agradou, nem ontem nem neste exato momento. Você me surpreendeu, seduziu e transformou, isso sim, mas correndo o risco de se decepcionar em seu reino de sombras, não gostei do seu jeito de tudo ter que pensar, repertoriar, expor ponto por ponto como um mapa de uma vila a ser percorrida. Tem certeza que não esqueceu nada neste caos de lembranças que você escarafunchava com uma voz ignorando qualquer dúvida? Os cadáveres jogados nas bordas, as etnias engolidas... acha que tudo isso pode ser escrito e ensinado? Foi nas ruas que formei minha opinião, por isso entenda que desconfio por natureza da lição dos mestres.

Porém as duas mãos estavam lá, avermelhando aqueles ombros cinza. Essa história tinha me dado um belo de um soluço, não tanto pelas asneiras lendárias, mas por tudo se encaixar com a precisão de um relógio. Pensei naquele filme antigo em que dois cachorros de caça cortam uma nota de dinheiro e cada um guarda uma metade. Anos mais tarde eles se reencontram, encurvados e quase cegos. Eles precisam recolar a nota para se reconhecerem. Nas duas beiras do oceano, os negreiros não puderam evitar a memória das coisas. Porque as coisas, Escritore, sabem mais do que os homens. Ao olhar essas tatuagens, eu parecia um carpinteiro radiante diante de uma peça rara há muito tempo perdida, a caixa em *São Felix* e a espiga no fundo de um poço, encantado com o "clique" que fazia quando uma peça encaixava na outra. Quase me ajoelhei para perguntar a Tigrado: "Tem certeza de que essas tatuagens são autênticas? Você não as desenhou com canetinha só para me dar água na boca, tendo ouvido a história maluca de Ndindi?" Mas, visivelmente, aquilo não era piada, os entalhes eram profundos, eu notava as pequenas cicatrizes nas bordas no pouco tempo que Bidica me deixou observar.

Fiquei tão desorientado que me surpreendi rezando por Tigrado. Quanto tempo Don Gonçalves, o demoníaco procurador, lhe daria desta vez: um, três, seis meses? Suas penas eram curtas, mas irrefutáveis. Bastava ele pronunciar um número para o juiz se conformar sem corar. "Um mês para coçar o traseiro!", disse sufocando de raiva da última vez em que nos vimos. Eu desejava a mesma coisa para Tigrado, um mês, sem mais, para que ele saísse depressa e me desse mais informações. Veja, comecei a fazer minhas as suas obsessões genealógicas. As figas, as correntes, os deuses-reis e os hinos tomavam minha cabeça. Tampouco esqueci do milhão de cruzeiros que você tinha me prometido em troca das minhas investigações.

O procurador deu dois meses inteiros, apesar das inúmeras dúvidas mencionadas pelo advogado, e tive que conter minha impaciência. Uma questão me torturava: todos eles tinham – quero dizer: os três irmãos Baeta – as marcas de seus ancestrais?

Pôr do Sol, o filho do meio, estava em cana com seu ilustre irmão mais velho. Só me restava rodear Voltametro, o caçula que cuidava da barraca de redes e berimbaus no *terreiro de Jesus* enquanto seus irmãos não saíam da prisão. Eu me ofereci para tomar conta dos berimbaus empilhados perto da praça enquanto ele fosse vender as redes suspensas na frente da barraca de lona.

– Por que não?, disse ele. – Mas se me roubar meio cruzeiro, te reviro as tripas atrás do forte *Montserrat*.

Sabia que não era brincadeira. Pela manhã, enquanto você cochilava, eu morria de tédio vigiando os berimbaus e as redes entre meio-dia e duas horas para que Voltametro fosse almoçar. Um dia tentei a sorte:

– Que tal um banho de mar domingo que vem?

Ele cortava uma tira de couro em rodelas para remendar seu sapato. Parou, repousou levemente sua faca como se fizesse uma cena em câmera lenta:

– Não vou muito com sua cara. Meus irmãos talvez, mas eu não te suporto. Então não conte com isso.

Tentei outros mil subterfúgios sem sucesso. A sorte me sorriu enfim de um modo totalmente inusitado. Estávamos embaixo dos flamboaiãs do *terreiro de Jesus*. Fazia um calor terrível. Amarrei minha camisa no pescoço, ele continuou com a dele. Conversávamos sobre aquela festa de *Iemanja* em que morreu Alvo-sacana (o que estuprava vovós e crianças), estrangulado ou pisoteado pela multidão, nunca saberemos.

– Não sei direito quem é esse Alvo de quem você está falando, dizia ele negligentemente.

Foi então que uma grande merda de coruja caiu em sua camisa. Me levantei prontamente lhe estendendo a minha:

– Toma minha camisa. Não ligo de ficar sem.

Ele me olhou desconfiado, mastigando conscientemente sua bola de chicletes:

– Tem certeza? Bom, eu devolvo depois de lavar.

Ele se dirigiu à barraca para se esconder atrás da cortina de redes. Mas elas estavam bem distantes umas das outras para que eu pudesse vê-lo. Durou apenas uma fração de segundo, mas meus olhos funcionaram como uma polaroide. Ele tinha as mesmas marcas que seu irmão, um pouco mais afinadas, mas que refletiam, como no outro Baeta, o mesmo brilho de cobre laminado.

Isso eu também escondi de você. Não pense que foi astúcia de malandro, mas sim uma conduta típica de policial: febril discrição, prudência e tato. Sim, Escritore, eu estava completamente envolvido em seu jogo. Nós nos encontramos no bar de Preto Velho. Você mal tinha se sentado, que o seu "e então" já reverberava da cadeira.

– E então um pouco de paciência. Vamos acabar conseguindo, você vai ver.

Para mostrar sua decepção, você demorou para pedir minha cerveja ou minha *carne de sol*. Você me punia como se soubesse que eu escondia algo. Eu te fazia esperar só de vingança: da minha parte, queria saber um pouco mais a seu respeito. Você acabou admitindo que era escritor porque eu insisti. A verdade é que você via a si mesmo como o elo de uma longa cadeia genealógica. Ao te ouvir, você não parecia um ser de carne e arrepios, mas algum princípio vindo da Escravidão, de antigas guerras perdidas e daquele vilarejo de nome impronunciável que, a seu ver, perde por pouco para o Éden e para o Redentor em termos de grandes prodígios. Uma única vez te ouvi falando de si. Você gracejava no Banzo. Já tinha esvaziado meia garrafa de Natu Nobilis. Sentado na cadeira de balanço de franjas, você olhava inocentemente os manequins de cera e os casais entrelaçados. Perguntou a Reinha:

– Tudo é africano?
– Esse é o intuito, até na escolha da música.
– Inclusive os modelos?
– Gerová vai buscar seus modelos em Gana ou em Serra Leoa. Ela os confecciona para suas exposições e eu ponho alguns aqui para a decoração.
– E se eu quiser ouvir música brasileira?
– A gente até apostou, de brincadeira: só zulu, xossa, iorubá... Aliás, você é xossa ou iorubá?
– Ele é da tribo dos que a árvore matou, disse eu, um pouco para te provocar.
– O que você faz da vida?, retomou Reinha.
– Escritor.
– Ah! Escritore! *Maravilhoso, meu irmão*! O que escreveu?
– Por enquanto nada. Ainda não sou escritor. Estou aqui para me tornar um.

— Já sabe o assunto?

— Você, Reinha, você e eu, o declínio da África, o tormento do *reconcavo*, os reflexos do mar que nos fascinam e nos consomem de tropeço em tropeço.

— Vou ter que ler. Você vai falar do Bonfim, do *Relampago* e dos Índios?

— Minha intenção é esmiuçar as ruínas. Imagina só: em algum lugar, em alguma rua, sob um arco desta cidade, encontram-se pessoas da minha família, mesma casa, mesmo legado, que não me conhecem, que eu não conheço, a não ser pela bondade de uma lenda. Eu vim para encontrá-los, eles e tudo o que os inspira. Vim movido por uma vocação: retomar os passos dos antigos, restaurar a memória. Vou fazer o trabalho de um lavrador: colher as lascas, os pedaços de fios, remendar e misturar tudo. Quero reacomodar o presente e o passado, abrandar o mar. Minha pessoa e meu livro concebidos no mesmo dia vêm se revelar aqui concluindo a viagem. Ouça o que diz meu coração: retomar a aventura, chacoalhá-la como uma prostituta, recolher com um só gesto o ouro e a poeira, a narrativa e a lenda. A ironia da História é que temos tendência a circunscrevê-la, mas ela se desenrola como os elos de uma corrente envolvendo o agrimensor. Acredito nos imprevistos, na rude filiação dos seres, aquela que vem do martírio, do desdenho ou da desgraça. O Índio, nós não o escolhemos, ele chegou antes em nossa terra como um irmão uterino desejado e prematuro. E assim é com o judeu, com o mendigo e com o *coolie* da Índia. Preste bem atenção, Reinha: vou falar de sua beleza estragada pelo medo, do desgosto de *Xango* tomado por suas próprias trovoadas, de *Zumbi dos Palmeiros*, da beleza do *caboclo*, da embriaguez de todos vocês, filhos de Tiradentes...

Você deve ter delirado durante meia hora ou mais, mas Reinha e eu tínhamos parado de escutar. Nós nos contentávamos em te ver levantar seu índex como uma varinha a fim de mostrar as palavras que pronunciava. Reinha em particular te rodeava com uma ternura que ela tentava dissimular apertando nervosamente a ponta do cigarro. Eu via nascer em suas bochechas oleosas, em seus grandes olhos de réptil, em sua boca aberta e sua ponte grosseira, um toque de graça parecido com amor. Aliás, ela fez o que nunca tinha feito por ninguém: pediu ao garçom que te servisse mais bebida, gritando "é por minha conta!" para que todos ouvissem. Em seguida, aproximou-se de você:

– O que é isso?, perguntou confiante, plena, quase sua legítima. Olha só! Um caderno?

– Eu anoto aqui tudo o que me passa pela cabeça.

– Você começou o livro?

– Oh! não, minha *senhora*, a aventura não terminou. Ainda tenho que encontrar meus primos, provar de seus frutos e suas raças antes de escrever uma linha... Por outro lado, vivo tanto este livro que parece que já escrevi.

Ela grudava em você, te olhava com um olho diferente, como se acabasse de te descobrir. Eu achava que ela tinha razão de te olhar assim. Porque você era estranho, meu grande príncipe do Daomé, estranho da cabeça aos pés e especialmente com as mulheres. Aquele seu jeito de se exibir logo que uma delas aparecia, de jogar fora toda a sua discrição e falar pelos cotovelos, acariciar Milda, dar beijinhos em Fátima, agradando a todas como se fossem suas esposas... será também um traço característico dos nossos ancestrais? Eu me lembro da Índia, aquela aeromoça de Santarém que você conheceu no Clube Português e que tão logo ia embora para Curitiba e Porto Alegre. Eu acompanhei vocês ao Mercado Modelo, à churrascaria do Nissei, à discoteca do Banzo. Tive que me beliscar três vezes para me convencer de que vocês tinham acabado de se conhecer e que, no dia seguinte, ela estaria nas alturas sem você.

– Um belo pedaço de mau caminho!

Você a olhava de lado e de frente, absorto, pueril, incapaz de expressar tudo o que queria. Então pediu ajuda a Jorge Amado, Mário de Andrade, Tavares Bastos e Castro Alves para lhe agradecer por ser tão linda. E ela ficou encantada, fechava os olhos estremecendo. Você segurava seu queixo, dava chupões em seu rosto. Ela sorria com um sorriso sincero, frágil, um sorriso que, você dizia, vindo de uma Índia, era um verdadeiro prodígio. Ela murmurou:

– Parece que já nos conhecemos. De muito tempo...

Você a fez comer uma *moqueca de camarões* e beber uma *batida de umbu* em seu copo.

– Mais do que nos conhecer, você declamou. Fundir-se um no outro, antes das cruzadas, *avant la lettre*, e assim será quando tudo acabar: a guerra, a paz e o último lampejo de esperança.

– Deve ser bonito seu país. Preciso visitar.

– Simples retorno das coisas. Eu comi o *tucupi*, cabe a vocês provar do painço.

– Para nós a mandioca, para vocês o óleo de palma. Disso foi feito o Brasil, com as palavras de Portugal.

– E não é que deu certo, tendo em vista o seu rosto! *Tupinikin, Tupinamba, Guarani*?

– *Guarani*. Mas para vocês não faz diferença. Tudo isso porque um marinheiro desavisado acreditou estar nas Índias!

– Entre nós também não tem diferença. A fúria do mar nos uniu.

– É aí que mora a sua força: no seu humor. Nós nunca tivemos, por isso estamos mortos.

– Me contaram que "*Itapõa*" significa "a pedra que respira". Não tem humor mais sutil. Vocês ainda vivem. Vivem tanto que até as pedras respiram!

– Não é uma vida de verdade, é a fria ironia da morte que ainda quer nos ver piscar os olhos quando tudo já morreu. Aprendemos com nossas máscaras que sabem falar com os mortos.

– As nossas são ébrias, cruéis e hesitantes.

– Entendo sua revolta, mas de vocês tiraram apenas o suor. De nós tiraram tudo, até a energia dos deuses.

E esse papo continuou no Banzo, um diálogo todo feito de elipses, como se vocês se comunicassem por códigos. Dançaram e beberam muito. Então ela tirou da bolsa um saquinho com ervas, cascas e folhas. Ela te fez inalar e chupar, esfregou em você e depois fizeram amor na cadeira de balanço, na minha frente, na frente de Palito, Reinha e de um ou dois casais que bebiam o último copo, sem barulho, sem preliminares, sem exibicionismo. Aquilo nos pareceu tão terno, tão natural, tão necessário, que ficamos observando em silêncio, cúmplices, padres tranquilos em uma cerimônia que se desenrolava exatamente como previsto.

No dia seguinte, ao acompanhá-la ao aeroporto, você não esboçava nem vaidade nem prazer excessivo, só uma calma felicidade de cheirar seus cabelos e segurar sua mão. Como ela pôde se evaporar tão rápido de suas palavras, Escritore, de seus pensamentos? Desde o instante em que o avião decolou, você não fez uma só alusão a ela... você me deixou a imagem de uma imensa gaveta de personagens. Em cada plano, uma delas aparece, interpreta seu papel e se apaga para deixar lugar à próxima. Eles são todos como você, os que escrevem livros? Oh! *me disculpa*, você nunca terá escrito nada. Escrever um livro ou nada, para você depende talvez da posição da grande agulha do relógio da Piedade. Sua paixão, você dizia, consistia mais em vivê-lo. Pobre livro! Seria uma pena que tivesse a mesma sorte que você reservou a Iara, à Índia, a Juliana, a tudo o que sua alma ardente de poeta tocou de perto. Perguntei quanto esperava ganhar com este livro. Você respondeu:

– Não escrevo pelo dinheiro.

– Por que então? Pela riqueza das palavras?

– Não posso comer o que mais estimo. Este livro será de carne e moela. Será eu realizado, recomposto. Eu o vejo como um cordeiro imolado pela honra dos ausentes. No meu país, a festa fica triste se a tribo não está completa.

CAPÍTULO VIII

Vi Janaina logo depois das primeiras imagens de Lourdes, da cadeira de *jacaranda*, de Ignacia velha e impotente, mas bem antes da sua própria morte, Africano. Janaina, acredito que ela vagueou por muito tempo pela cidade alta antes de ser notada no Recanto de Ninza e nos botecos da *rua Monte de Alverne*. E mesmo depois, aos olhos dos outros, ela nunca passou de uma vaga existência matando o tempo na frente das lojas da *rua* Sete de Setembro ou na feirinha de artesanato do Mercado Modelo. Comia quando podia e bebia as cervejas que lhe ofereciam. Dormia sob os flamboaiãs da *praça da Sé* ou na casa de rapazes que, sob o efeito do último copo, se mostravam sedutores e um tanto compassivos. Quando os *gringos* ainda assombravam essas ruas, ela frequentava os motéis e os palácios, voltava ao Recanto de Nilze para pagar uma rodada e mostrar seus dólares.

É pouco provável que tenha sido Manchinha que a tenha notado quando, pela primeira vez, ela veio jantar no seu restaurante. Seu faro não é tão aguçado, Manchinha, cabeça de passarinho que nunca sabe se está chovendo ou não! Disseram que ela era bonita, então ele a olhou, olhou o nariz, olhou o busto, e acabou se convencendo. Ele se apaixonou e começou a sofrer quando Palito e Careca a olharam com um olhar guloso. Ah! A mulata bonita que mostrava seu corpo cor de chocolate na frente dos edifícios da praça! Falavam dela, às vezes em canções, até nos *barzinhos* da *ladeira do* Carmo.

Mas foi Manchinha quem fez o primeiro passo, os outros ficaram paralisados pelo magnetismo de seu corpo. Ele a convidou para morar em seu apartamento da *rua do Maciel Baxo*.

Comprou para ela uma mala de roupas e um estojo de joias. O que fez com que a moça perdesse seus ares de caipira, seu resto de timidez e, ao mesmo tempo, seus sapatos baixos e seu vestido fora de moda. Não a imaginávamos tão excitante antes que vestisse uma camisola por baixo do vestido esvoaçante cujas alças davam um quê de erotismo aos seus ombros.

– Eu canto Janaina, dizia mestre Careca. – Sua pele brilha, mais lisa do que a flor de zínia, seu coração tem gosto de suco de maracujá. Hoje não quero mais a carne do maracujá. Eu prefiro, Janaina, a polpa manchada de seus lábios.

– Temos que livrá-la das patas sujas de Manchinha, respondia Palito da escada do Banzo. – Ele não entende nada de mulheres, esse bocó. Se o suspiro dessa deusa pairasse em minha casa, eu lhe daria o Mato Grosso inteiro. Já ele a deixa abandonada em um canto da sua bodega junto das caixas de *guarana*, na frente daquele banheiro exíguo que fede a urina e tártaro. Sim senhores, ele a deixa mofando num banco comido por vermes, perto da escada que dá para a cozinha, a eleita dos nossos corações! E ela não ousa dizer nada do que a sufoca por causa da sua natureza reservada. Manchinha nem percebe. Sua única preocupação? Cortar carne, se empestear de cebola e tripas de peixe. De que adianta se perfumar com bálsamos de beijoim? Ele se contenta em vigiá-la com o canto do olho, mergulhando sua mão no óleo ou dando uma de vigia na porta, com sua pança, seu avental sujo e sua caneta esferográfica atrás da orelha. Ele acha que tudo o que diz respeito a ela pertence a ele, sob benefício de inventário, da mesma forma que sua flauta, seus discos de *choquebore*[10]

---

10 Possível referência a Chokebore, grupo musical de rock independente americano da década de 1990. [N.T.]

e sua cantina de seis lugares frequentada por carpinteiros, traficantes e pelas putas da *rua* do *Maciel Baxo*. Manchinha, seu palerma, não deixe a linda Janaina apodrecer em sua espelunca, ponha-a num canto de seu coração, ou em sua cama se é que ainda te resta um pouco de vigor no membro!

Por culpa deste infeliz indivíduo que roubou Janaina de Manchinha, ela não sai mais. Mas nós a encontramos inteira na oficina de mestre Careca, onde se tornou uma sereia num vaso de porcelana com pés de pato e alça de ave de rapina. O bico tomou forma de uma cabeça aureolada por folhas de rosa-canina. Este pintorzinho se aplicou a reproduzir fielmente a tez avermelhada, o nariz engraçado, levemente curvo, os lábios e os olhos num vai e vem de motivos roxos e amarelos. O suporte é um disco de setenta e oito rotações dos anos cinquenta coberto por uma tela. É lá que seus admiradores vêm admirá-la, entre quadrinhos de *orixas* e paisagens do *Sertão,* desde o dia em que sua inconstância – alguns dirão seu azar – a conduziu à morada de Mãe Grande. Somente um mau-olhado para levar tamanha juventude a este cômodo sufocante, com uma poltrona velha e um fogãozinho como mobília, repartido no meio por uma divisória de treliça onde a luz fraca só deixa ver a cama de canas e o cesto de roupa coberto por um colchão de espumas. Numa vasilha de porcelana, uma vela fica queimando sem parar durante o dia. Na parede, um retrato de *Xango* com seu machado duplo, várias cruzes papais à direita; em cima da porta, uma imitação de Cristo com o seguinte título: "*Eu sou o caminho a verdade e a vida...*" Ao vermos Janaina afundada na poltrona, é de se pensar que o gênio de Careca não se deixou vencer pela *cachaça*. Ele reproduziu fielmente a boca carnuda e voraz, um tanto oleosa, inflada e rosa como a carne da *mangaba*. Restituiu os olhos em forma de pérolas afiladas, com a mancha da íris e o esplendor do branco sob o qual um fogo perpétuo parece repousar; os cabelos pretos, pacientemente alisados, minuciosamente presos em uma rede de âmbar, pérolas e cilindros de junco. Nada a dizer do frescor de seu rosto, a linha nobre das têmporas, o peito desperto, a curva dos ombros. Ele acredita em sua obra, sente até ciúmes, talvez se preocupe com o que aquele infeliz indivíduo de selvageria sem precedentes é capaz de fazer. Por isso ele a esconde no subsolo de sua oficina, só mostra a Palito quando ele aparece com jujubas ou pedaços de cana para degustarem enquanto admiram a fada.

Na última pincelada, ele obteve uma singular sensação de bem-estar. Sua obra fez mais do que sucesso: salvou Janaina do abismo onde sua estupidez a tinha colocado... Mas nem só de muros é feito o Pelourinho. Há também todo um emaranhado de finas orelhas que captam tudo, até as ondas do pensamento. Os amantes de escândalos ficaram chupando o dedo quando informaram o primeiro interessado:

– Por enquanto, disse ele –, tenho mais o que fazer: ganhar dinheiro para cuidar de Mãe Grande. Depois eu vejo se fico com pena de Careca por seus ciúmes legítimos ou se o empalo no coruchéu da igreja.

Corria também um outro boato sobre Janaina que ninguém ousava contar ao seu homem: Janaina seria a menina de *Ferra de Santana* que saiu nas manchetes dos jornais uma década atrás, aquela mesma que matou um aposentado por estrangulamento. A *Tarde* relatou o caso em várias colunas:

– Quantos anos você tem?, perguntou o juiz.

– Minha mãe diz que tenho dez, mas ela não tem certeza. Em casa não temos muita coisa, sequer um estado civil.

– Digamos dez anos. Você tem boa lábia para uma menina de dez anos.
– Boa o quê?
– Não importa. Me diz uma coisa, você já tinha visto um morto antes de fazer o que fez?
– Um mendigo, mas estava coberto por uma lona.
– Por que você matou?
– Por nada nem ninguém. Eu matei sem razão. Aliás, isso não é verdade, eu nunca matei ninguém.
– Então quem?
– Não sei.
– Como soube que tinha ouro no cofre de medalhas?
– Ele se gabava para todo mundo. Dizia: "Ninguém vai ficar com um miligrama, bando de sem-vergonhas. Vou deixar tudo para o exército, só de pirraça".
– Como foi que entrou?
– Ele mesmo abriu para mim. Eu vinha uma vez por semana lustrar suas botas. Naquela noite me despedi, fechei a porta como se fosse embora e me escondi no armário da alcova.
– Mostre suas mãos. Assim tão pequenas, seriam capazes de matar um antigo policial?
– Não sei. Aliás, eu não matei. Ele estava dormindo. Eu disse que ele dormia de verdade e que tudo aquilo não passava de um sonho. Então apertei com as duas mãos sua garganta. Ele já era velho, sabe.
– O que você faria com este ouro?
– Compraria lindos patins de rodinhas e uma bolsa para mamãe.
– Estão dizendo que você usava um lenço branco na cabeça, que parecia...

– Não sei. Eu nunca matei ninguém.

Uma verdadeira tragédia que superou todas as novelas nas *favelas* e nos bairros nobres. A *Tarde* publicou: "Morto por uns patins de rodinhas"; o *Jornal do Brasil*: "Satanás de soquetes e maria-chiquinha."

Só depois fizeram a associação. Ela também se chamava Janaina, se não lhes falhava a memória, o que seria facilmente provado assim que alguém encontrasse os jornais da época. Lembravam que havia sua foto. Observaram que a Janaina de hoje nunca quis dizer seu sobrenome... Isso explicaria aquilo, o motivo incompreensível que a fez deixar Manchinha para viver no casebre de Mãe Grande: a força do arrependimento e da expiação? Assim seria fácil recomeçar do zero. Depois da prisão, ela ficou zanzando à procura de trabalho, ou pelo menos fingiu. Na verdade, sua pobre alma buscava sobretudo o perdão de Deus, era tão claro quanto num conto... eles são feios tanto um quanto o outro. Pelo menos Manchinha lhe punha comida no prato.

Como tudo aconteceu? Ninguém deve se lembrar. Mas eu revejo tudo sob a luz de Exu, tudo menos a infância de Janaina, seus brinquedos, suas travessuras, o roteiro de seu crime. Por mais que reze a Exu, só vejo alguns sinais, Africano: um ralador de mandioca, um rabo de cavalo, uma casinha com persianas. Vejo água, um riozinho ou a eclusa de um canal. Tenho a impressão de que ela levou uma vida sem história, entre um pequeno comércio e o culto da piedade. De fato, a cada vez aparecem em minha visão turva uma balança de Roberval e uma bijuteria com uma pequena cruz. Acredito que ela foi feliz antes da tragédia. Agora foge, busca repouso para a alma. Só o peso do remorso para produzir tamanha inconstância na cabeça de uma criança. Os vadios têm razão: com Manchinha ela tinha a garantia de comer e se vestir, ela gozava de um pouco de consideração, apesar do que dizem. Mesmo assim, ninguém podia imaginar tamanho escândalo.

Foi numa terça-feira, dia de Bênção, e foi tão violento que acabou estragando a festa de noite. E dizer que tudo começou bem. Eles vieram em bando, Careca, Palito, Passarinho, alguns outros, e mais aquele indivíduo. Sentaram-se perto da cozinha, na frente de Janaina. Pediram cerveja, mas nada para comer. Manchinha deixou para lá, fingindo indiferença na frente da porta. Careca pegou seu violão para cantar seu amor. Palito disse:

– Janaina, vem aqui com a gente enquanto seu homem trabalha.

– Isso, vem cá. Sozinha você brilha para o nada. Junto com a gente a força da sua beleza faz todo o sentido.

E todos encararam Manchinha mudar de cor.

– Hei, Manchinha, não faz essa cara! Isso não tem a menor importância. Só queremos sentir um pouco do cheiro dela. O resto é todo para você, sortudo!

Então todo mundo voltou a beber e a cantar imitando Caetano Veloso. Palito com seu jeito desajeitado foi motivo de gozação. De repente, ele empurrou o banco e avançou sobre a menina:

– Não dá pra ouvir essa música e ficar sentado!

Um por um, eles a fizeram dançar.

– Ô, pessoal, aqui não é discoteca não. Vamos, um pouco de respeito!

Até então, Manchinha tinha visto tudo com bons olhos, mas eles passaram do limite, sem dúvida porque Careca acrescentou dois ou três cigarros de maconha além do álcool:

– Manchinha, é melhor você continuar esfregando as frigideiras. Olha só para esse mulherão. Essa criança não foi feita para caras como você, não.

– Se é assim, já para fora! Aqui não é um bordel, é um restaurante!

– Calma, disse o indivíduo. – Ele vai pedir desculpas e tudo vai voltar ao normal.

– Não quero desculpa nenhuma. Quero que chispem daqui. E você, sua putinha, já para a cozinha!

Uma verdadeira besta selvagem, esse indivíduo. Ele já tinha tirado a faca:

– Não repita mais isso, Manchinha. Você não conseguiu essa menina por causa da sua pança, mas somente por essa merda de cantina que te dá tanto chilique.

Manchinha pegou uma cadeira e eles rolaram até a fachada, depois pela ladeira que dá na *rua* Gregório de Matos. Brigaram com as mãos depois de perderem suas armas na terrível confusão que se seguiu. Todo o bairro se juntou para ver, mas ninguém pensou em separá-los. Eles se desvencilharam, enfim, sozinhos, saciados e desgrenhados, propriamente bêbados de cansaço. De volta ao restaurante, Manchinha pegou um punhado de merda e jogou em Janaina:

– Por sua culpa, sua puta! Tudo por sua culpa!

Neste momento exato, Preto Velho destacou-se da multidão para impor sua palavra de ancião:

– Já que é assim, Janaina, escolhe você mesma. Com qual dos dois trapos você quer ficar?

Ele repetiu três vezes a pergunta diante da multidão seduzida pelo suspense antes que Janaina parasse de chorar para abrir a boca:

– Ele, é ele que eu prefiro...

Careca ficou doido:

– Como você faz uma coisa dessas? Escolher o mais burro, o mais feio de todos nós! Que injustiça! Meu Deus, por uma vez que a sorte me sorriu...

O infeliz indivíduo tomou Janaina pela mão e eles pularam por cima da fossa antes de tomarem o caminhozinho.

Sempre tive o dom de predizer os caminhos! Houve o túmulo de Madalena, o sótão do convento e este buraco de rato de onde viajo pelo destino dos outros para esquecer as pulgas e a dor. Cresci e amadureci na entrada de um túnel, mas não tenho do que reclamar. O céu me agraciou com essa luz divina que vem desvendar os mistérios dos outros em vez de iluminar a mim mesma. Já na casa de Ignacia senti o destino me provocar, se desfigurar e se afastar. Ainda era muito pequena, mas uma certa lucidez já tinha me revelado. A cor do horizonte, o movimento das folhas nas árvores, cada coisa se tornava um sinal maravilhoso e intimidante, o código de uma mensagem cujo conteúdo eu compreendia desde o nascimento. Sim, eu já sabia que amanhã seria de outra cor, talvez desde a morte de Madalena, muito antes, em todo caso, de quebrar a cara de Lourdes na fossa do lixão... Ignacia não teve culpa, coitada, ela daria a vida para me ver sorrir e crescer. Só que conforme os dias passavam, eu gostava cada vez menos de ver a capela e a autoestrada. Ignacia me mimava como se quisesse me estender um filtro capaz de colorir o exterior, mas a alegria se enraivecia, não encontrava mais o caminho do meu coração.

Quando padre Caldeira veio me buscar, eu já tinha o pressentimento que iria abeirar cavernas, que me zangaria com as antigas certezas: os mapas das ruas, a cara dos familiares, a ordem implacável das datas. Sou incapaz de dizer minha idade, apesar de constatar a transformação dos meus seios. Dos brotinhos que coçavam quando escalava o rochedo aos órgãos flácidos e cheios de vincos que hoje chegam até o umbigo, quantos anos, quantas festas e lutos se sucederam sem meu conhecimento? Na igreja de São Francisco, Maria conversava comigo como se conversa com uma criança, até o dia em que ela sucumbiu na lavanderia. Cada vez que eu me olhava no espelho, estava diferente. (Maria me repetiu cem vezes, mas a ela eu sempre perdoei tudo.) Sabia que a Bênção era na terça, a limpeza dos cálices e das ambulas na última quinzena do mês. Além do mármore da sacristia, o dourado da abóbada, a barba do padre Caldeira e os hábitos das freiras, havia a lida do pão: a nossa odisseia, nosso safari particular na bela floresta do mundo. Víamos as vendedoras de *acaraje* e os flamboaiãs da *praça da Sé* por entre suas folhas secas. Eu experimentava um sentimento violento de vontade e medo. Dizia a mim mesma para continuar andando até as barracas e as lojas, que lá atrás haveria um rio, um pátio, uma praia onde estariam me esperando com jasmins, *empadas* de camarão e camadas de sol quente. Mas não, guardava os pães na sacola e as bolachas na cesta de plástico e seguia Maria depois que ela recebia o troco.

Um dia, ao sair da padaria, ouvi alguém gritar:

– Leda! Meu Deus, eu não estou enganada. É você mesma, minha Ledinha, há quanto tempo não nos vemos...

Eu já estava na altura da pequena estátua em forma de cruz que enfeita a praça. Virei para trás e vi uma mulher de chapéu e vestido de tafetá sorrindo para mim. Reconheci Lourdes e compreendi na mesma hora que eu também tinha me tornado uma mulher. Ela me beijou com tanta efusão que fiquei desnorteada. Acompanhou-me até o portão da igreja.

– Leda, minha querida, fala alguma coisa. Nós não sabíamos que você ainda morava aqui, no convento de São Francisco... é culpa nossa, deveríamos ter ido atrás... Vamos, não fica aí sem dizer nada. Como você está? E sua saúde, minha querida Ledinha?

Eu só pensava em uma coisa, gritar aos transeuntes e aos vendedores de *acaraje*: "Ela é louca! Vejam como me abraça! Olhem, ela está me abraçando!" Ela me tomava pelos ombros, me olhava, chorava colada em minha bochecha. Eu não tinha ideia do que fazer. Estaria com vergonha ou tinha ficado completamente indiferente depois de todo esse tempo? Eu me deixei levar até os degraus da estátua sem coragem de dizer uma só palavra. Sentia-me como em outro mundo, num conto de fadas, tranquila, inundada de milagres, ao menos por causa da euforia da multidão e do sol que resplandecia... e Lourdes na minha frente, elegante e desconhecida: "Oh! Leda." Ela ainda estava envolta em meu pescoço chorando contra minha bochecha quando nos sentamos sem dar conta dos transeuntes:

– Oh! Leda, se mamãe te visse! Você precisa ir lá em casa assim que der. Estamos morando bem pertinho do Pelourinho... Sua perna já não é tão forte como antes, anda agora lhe pregando peças, mas você conhece a teimosa. Ela ainda vende *banana-real* apesar de todos os meus conselhos... Quanto a mim, trabalho num hotel. Tenho um quartinho lá, mas também posso dormir na casa de mamãe, é a um minutinho andando.

Eu a escutei por mais de uma hora sem dizer nada, tomada pela surpresa e timidez.

– Vamos, diz você alguma coisa.

Ela me forçou a levantar, chacoalhou-me carinhosamente e conseguiu enfim arrancar de mim:

– Sim, você está muito bonita.

Era realmente tudo o que ela me inspirava naquele momento, nos degraus da estátua, na embriaguez do sol que dominava a paisagem e os transeuntes? Éramos do mesmo tamanho, como antigamente. Mas ela parecia mais esbelta. Eu a achava tão segura de si e tão refinada com seu vestido, seu chapéu, sua pele negra brilhante e bem-cuidada.

– Num domingo, por exemplo, melhor num domingo: é dia de *feijoada*. Suponho que não te deixam mais trancada num quartinho feito um bebê. Se for preciso, mamãe vem te buscar.

Eu a olhava, pensava em nossas brincadeiras na ribanceira e naquele maldito dia na fossa do lixão. "Sim, afinal de contas, não sou mais um bebê." Ela me beijou, disse adeus, se afastou alguns passos e tão logo deu meia-volta em minha direção, ainda mais radiante:

– Sabe que vou me casar com um inglês? Enfim, digamos que estou noiva, mas é coisa séria. Eu sabia que encontraria um loiro.

Ela foi embora e eu fiquei paralisada na praça, lendo na insistência de seu perfume a frivolidade de nossos destinos: "Ela encontrou seu loiro bonito, eu vou encontrar meu príncipe do Daomé. Vou encontrar!" Murmurei o refrão da canção e corri até o portão.

No domingo seguinte, Ignacia veio pessoalmente me buscar. Pai Caldeira a acompanhou até meu quarto com uma inabitual benevolência. Seus cabelos estavam embranquecidos e ela mancava apoiada numa bengala. Mas eu a reconheci facilmente pelo seu jeito único de alternar sem transição o riso louco e a tristeza:

– Você é o retrato vivo do... quero dizer...

Ela se sentou perto de mim, na cama que tinha sido de Maria. Apalpou minhas bochechas e acariciou meus cabelos como antigamente.

– Não se preocupe. Durante todo o tempo em que moramos lá, não esqueci um só dia de pôr flores no túmulo de Madalena. E antes de ir embora, fiz o capelão prometer que faria isso todos os domingos do senhor. Eu disse para ele: "É só colher na cerca que beira a ribanceira. Duas coisas nunca vão faltar na *favela* de Baixa de Cortume: as fezes da velha Aline e os arbustos de rosa-canina..." E você, minha joia preciosa?

Lourdes estava nos esperando na frente do caminhozinho (tão pequeno que da *rua* Alfredo Brito ninguém vê), com um avental branco em volta do quadril:

– Um anjinho me disse que Leda estava vindo. Vem, você vai se regalar, fiz uma *feijoada*... Vamos, pode entrar... não achamos nada maior, mas já é bem melhor do que na *favela*. Você sabe, aqui temos a cidade, enquanto lá, tirando a autoestrada e o lix... vamos esquecer isso... Aqui eu tenho um trabalho de verdade. Você deve ter visto o hotel, à esquerda depois do caminhozinho, o prédio velho de mármore falso na entrada... foi lá que encontrei meu inglês... Mas o que você está esperando para entrar?

Fiquei com elas até mais tarde do que previsto, saboreando seus risos e conversas como eu os tinha conhecido na Baixa de Cortume.

Padre Caldeira me esperava no portão da igreja São Francisco. Avistei-o desde a padaria do turco. Diminuí o passo e pus meus neurônios para funcionar a fim de encontrar um argumento que justificasse meu atraso. Ele me acolheu com seu sorriso triste, o único que foi capaz de oferecer mesmo às vésperas do carnaval. Em vez de me repreender, abriu o portão dizendo:

– Assim você terá uma família. E já que não moram longe, não será como uma grande aventura.

Tive a impressão de que a proximidade de Lourdes resolvia para ele um problema antigo. E fiquei vagamente feliz apesar do aborrecimento que ele me dava me tratando, como sempre fez, como uma menininha. Mas eu só compreendi o verdadeiro sentido de suas palavras quando, com a escalada da minha vertigem, ele mandou chamar Gerová...

Lourdes me ajudou a mudar. Eu bordava e dormia aqui, nesta cama de cidreira que ela arranjou na Barroquinha, e fazia minhas refeições na casa de Ignacia. Esta vendia suas *bananas-reais* na calçada da *rua* Alfredo Brito. Juntando com o trabalho de Lourdes no hotel e o dinheiro que recebia de Gerová, constituímos um verdadeiro pecúlio que nos permitia viver como rainhas, se comparado à penúria da Baixa de Cortume.

Um domingo, depois da *feijoada* habitual, Lourdes se deu conta de que ainda não tinha me apresentado o noivo:

– Vamos lá, é agora ou nunca. Ele voltou ontem da sua expedição ao Mato Grosso. Um verdadeiro bicho solto. De um dia para o outro ele é capaz de se mandar para o Maranhão ou Rio Grande do Sul. Vamos depressa ao hotel.

No hall, ela disse à recepcionista:

– Gabriella, liga para o Robby e pede para ele nos encontrar no Q.G.?

Atravessamos o jardim e entramos num pequeno prédio em ruínas bem na beira da ribanceira que se abria frente ao

Commercio. Ao final de um longo corredor sujo de ladrilhos se situava o que Lourdes chamava de "Q.G.". O lugar cheirava à palha e água sanitária. Em frente aos quartos de portas entreabertas, um velho terraço pendia no vazio com duas mesas que Lourdes designava "nosso bar".

Robby apareceu enquanto bebíamos um xarope de groselha. Ele se jogou por cima de Lourdes, mordiscando-a da cabeça aos pés como se ela fosse um pepino. Deslizou a cabeça em suas axilas, esticou as pernas por baixo da mesa apoiando-se na base da balaustrada:

– Eu não padeço dessas bebidas, Lourdes. Vai buscar uma cerveja, ou um whisky! Ou então chama a Monica ou a Elena ou a Aline...

Lourdes se desvencilhou um momento de seus braços e murmurou em minha orelha:

– Esta mula nasceu no país dos lordes, mas não cresceu lá: infância na Rodésia, o resto do tempo em Oklahoma. Agora está prestes a voltar ao seu país natal junto a uma "tigresa do Brasil", como ele tem a delicadeza de me chamar!

Robby endireitou seu busto de gorila e se virou para mim:

– Quem é essa joia?

Ele me deu tapinhas nas bochechas, me levantando:

– Vejam o efeito dos trópicos em uma figura humana: cabelos de teuta num rosto de núbia!

– Não liga, não, disse Lourdes. – Aposto que todos os bichos da Rodésia são iguais a ele. Mas não fica tão perto da balaustrada, esta madeira podre pode soltar a qualquer momento. Daí só vai me restar te buscar no fundo do velho porto.

Mas prefiro esquecer esse momento... Eu estava no meio de desconhecidos tremendo de medo e perplexidade. Ficamos lá bastante tempo petiscando *siris catados*, abrindo garrafas numa extraordinária confusão... Como geralmente acontece neste tipo de situação, minha memória só reteve os detalhes mais insignificantes. Por exemplo, o tom indefinível com que Lourdes me apresentou suas amigas:

– Monica cuida das roupas, Aline fica na cozinha, Elena faz os quartos. E eu ajudo Gabriella na recepção. Aqui é o nosso Q.G. No domingo, como o patrão não está, a casa é nossa...

E eu não percebi nada do perigo que me espreitava naquele dia.

CAPÍTULO IX

Encontrei Palito no ônibus voltando de Campo Grande:
– Está sabendo da confusão de ontem no Banzo?
– Não, respondi um tanto irritado por ter que conversar, já era meio-dia e eu não tinha arranjado nada para o mingau de Mãe Grande nem para as ervas do Juvenal.

Uma semana tinha se passado desde a sua súbita e misteriosa fuga para as ilhas. Eu estava furioso por você não estar aqui para me quebrar esse galho. E então me aparecia este insolente enchendo o saco com seu mau hálito e sua tendência a dissertar frivolidades.

– Mas não se fala em outra coisa na cidade! A briga foi boa. Passarinho foi parar no hospital. Eles abriram a cabeça dele com cacos de vidro. Os irmãos Baeta! Estão achando que foi ele que os dedurou.

– Eles voltaram?
– Como seria possível todo esse escarcéu sem eles?

Palito tinha razão. As brigas, os assassinatos e os arrombamentos são coisas de rotina, mas quando o negócio é da pesada, ambicioso e perfeitamente planejado, sabemos que os irmãos Baeta estão no meio... Larguei Palito no terminal da *praça da Sé* e saí correndo até o barracão deles. Os três estavam lá, sentados no chão escurecendo os ressonadores dos berimbaus com fumaça de cigarro. Tigrado se levantou tão logo me viu:

– Você é um imbecil. Devia ter ficado do meu lado até eu me levantar. Mesmo com os punhos amarrados, eu arrebentava aquele cachorro do Bidica e juntos teríamos feito pedacinhos dele e de seus policiais.

Aos olhos de um reles mortal, posso até passar por durão, mas sempre me caguei de medo desses três. Sei como intimidar ao entrar num bar a despeito do meu pouco tamanho. Eu me imponho aos camelôs e às garotinhas. Geralmente me chamam para limpar a sujeira de um ou outro bando. Mas tudo isso é clássico, trabalhoso, usual, embora eu me orgulhe de ter cegado Leda-pálpebras-de-coruja. Já eles, nunca fazem uso de astúcia, truques ou lamentáveis jogos de esconde-esconde. Gênio e audácia é o que eles têm. Há arte na maneira com que escolhem o objetivo, o cercam e investem nele. Tudo acontece em plena luz de um dia limpo e sem vestígios. Eles não se contentam em matar um ou dois caras, fugir com o dinheiro, os móveis e as joias, também conquistam boa reputação. A audácia deles vai além das normas e se aproxima da insolência, da romântica insurreição dos marginais. De Ndindi-Furacão eles não têm só as duas marcas nos ombros, têm também a coragem, o sangue ruim, a inquestionável maldição. Agora eu tinha certeza: eles eram, sim, seus primos.

Tigrado veio, então, ao meu encontro. Ele brilhava feito fogo de fogueira com seus grandes olhos vermelhos e a reverberação do sol lhe queimando a testa. Eu tentava encontrar uma desculpa sem mostrar que tremia (com eles não tinha dor de cabeça: aos insolentes, cortavam a cabeça; os frouxos, eles amarravam em uma pedra de moinho antes de jogarem em um canal da Ribeira).

– Claro que não, Tigrado, eu ia...
– Não me diga que ia buscar reforço. Senta aí logo e chega de me enrolar.

Ele me fez sentar empurrando meus ombros entre seus irmãos que esfumaçavam seus berimbaus sem se incomodarem com minha presença. Depois desapareceu por debaixo do toldo que cobria as redes e voltou com uma garrafa de *cachaça*:

– Como pode ver, não somos rancorosos. Estávamos esperando o quarto chegar para abrir isso aqui. Dividir a bebida e principalmente as garotas é uma mania de família. Ora, veja. O quarto é você... Ei, vocês, tragam os copos!

Alguns copos pairavam na areia embaixo de um banco desbotado, ao lado de um balde de plástico.

– Ah, não! Eu não bebo purê de moscas, isso nunca! Se virem, mas eu quero copos de verdade... e limpos!

Pôr do Sol e Voltametro atravessaram a rua para buscar os preciosos objetos na Cantina da Lua. Tigrado pegou seu violão para atiçar nossa *saudade* com seus cantos de *afoje*, aqueles mesmos que você dizia, Escritore, estarem melhor guardados do que tudo que trouxemos da África, os únicos que não deixaram nada à escuridão dos porões dos navios nem ao estresse da memória: "Toda a alma iorubá, seus escapes, seus quartos de suspiros, tal qual ela se manifesta ainda em *Ife* ou em *Jos* quando enterram os mortos ou se casam os iniciados." Tigrado dedilhava seu violão me vigiando com o canto do olho e balançando a cabeça para acompanhar as inflexões de sua voz. Quando enfim acabou de cantar, voltou-se para mim com uma voz quase doce:

– Os *gringos* não vêm mais.

– Com esse surto de cólera que chegou do Peru...

– Então guerra ao Peru!... Não, não é para jogar conversa fora que eu estou te segurando aqui. Nós precisamos de você. Arruma um esquema fácil, que é para a gente se recompor um pouco. O delegado Bidica nos depenou e as redes, os berimbaus, quando os *gringos* não vêm... Você sabe muito bem que ao sair da cadeia ninguém te espera com uma guirlanda de ouro de boas-vindas.

– Não precisa traduzir, Tigrado. A gente não se vê todo dia, mas eu te conheço como a palma da minha mão. Até sua tosse sou capaz de entender.

– Não queremos te apressar, mas seria bom se nos desse uma pista, digamos... daqui a uma semana? Não é mesmo, gente?

– Nós lhe estendemos a mão depois do furdunço que arrumou na *Pitubá*. No mesmo dia em que foi solto, ele precisou do nosso empurrãozinho lá na lanchonete da *rua* Castro Alves. Agora é a vez dele de retribuir na mesma moeda.

– Uma semana, disse Voltametro – é mais do que suficiente para um cara como você. Na sua rede não falta peixe. Faça uso dela enquanto é tempo.

– Terça!, avermelhou-se Pôr do Sol. Antes da festa da Benção.

– Epa! – disse eu me transpirando todo. – Não se preocupem, meus caros. Os tempos estão difíceis para todos, mas para vocês eu sempre posso descolar alguma coisa, só não me apressem tanto... Enche um pouquinho mais meu copo, ela é boa, essa aguardente. Da Amazônia? Aposto que veio de lá, de Belém para ser mais exato, né?

Eles ficaram feito pedra de mármore diante da minha breve digressão. Tigrado não tocava mais o violão. Voltametro cortava galhos com seu facão a fim de fabricar palitos de dente. Pôr do Sol dava murrinhos na corda de um berimbau jogado em sua frente enquanto cuspia as fibras de tabaco do seu cigarro. Aquilo fazia um "ptt! ptt!" que me deixava louco.

– Fiquem tranquilos, eu disse. – Não tem problema algum. Isto é, digamos... só um probleminha. Mas antes gostaria de falar a sós com Tigrado.

– Não é do nosso costume separar a família, grunhiu Pôr do Sol.

– Basta! Que ele nos diga o motivo primeiro.

Eu recuperava alguma confiança:

– Só um minuto, Tigrado. Aqui na frente, na Cantina da Lua. Não vai demorar e tenho certeza que vamos nos entender. Tenho uma bolada para receber, tão fácil como recolher conchas na praia.

– Terça no mais tardar!, repetiu Voltametro.

– E sem banho de sangue, acrescentou Pôr do Sol. – Neste momento estamos cansados.

– Vai ser moleza! Contanto que eu tenha um momentinho a sós com Tigrado.

Na verdade, eu não tinha ideia do que ia dizer para ele na Cantina da Lua. Quer dizer, contrariado como estava pela urgência da situação, não sabia como abordar o assunto de Ndindi-Furacão e as cicatrizes nos ombros... Ele pediu uma Brahma e eu, duas doses de *cravo* e um ovo de angola para criar coragem.

– Tigrado, você sabe o que é uma figa?

– Tenho uma no punho, se é isso que quer saber.

– E você sabe de onde vem, o que significa?

– Se me chamou por isso, se deu mal.

– Olha, Tigrado, esse não é o primeiro negócio que fazemos juntos. Entendo que os iniciantes façam barulho por nada. Mas você deveria se mostrar mais razoável. Se estou falando dessa figa, é porque tem um milhão de cruzeiros por trás dela.

Eu o vi se descontrair, levantar seu chope com um gesto largo, mas ele não disse nada. Pedi um outro ovo de angola, salguei e comi com uma excessiva lentidão para mostrar que estava seguro do que dizia, que o tratava de igual para igual e que agora, na verdade, a bola estava com ele.

– Um milhão, ele acabou por resmungar, massageando os dedos. – Estou começando a gostar. E o nome da vítima?

– Fiz a primeira pergunta, Tigrado.

– A figa? Todo mundo tem uma no calcanhar ou em volta do pescoço. Você mesmo vendeu várias aos turistas de Piedade.

– Não estou falando dessas. Pensa um pouco. Ou melhor, se apalpa um pouco... não onde está pensando! Na altura dos ombros...

– Como você sabe?

Ele se levantou bruscamente. Tive a ligeira impressão de que vacilava, mas logo se recompôs e se apoiou na beirada do balcão me trucidando com o olhar. Isso durou uns dois ou três minutos. Por prudência, preferi recuar:

– Ora, não tem nada demais, Tigrado. O que não falta por aqui é marmanjo coberto de tatuagem.

Foi direto, sem inteligência, mas não encontrei nada melhor, só pensando em uma coisa: que se sentasse de novo, que se sentasse... O que ele acabou fazendo empurrando o copo. Depois enxugou furiosamente a testa com as costas das mãos:

– Dá azar. Não mostramos essas coisas ao primeiro que aparece. Não pense que é um simples fetiche, mas o princípio que nos faz belos, intrépidos, sempre acima dos outros. Um velho segredo de família. Meu pai também tinha. Ele teve o cuidado de nos tatuar antes de morrer. É assim que funciona na nossa família.

– Pôr do Sol também tem?

– Você já viu ele fugir de alguém? Esse negócio é um rojão contra qualquer inconveniente: mau-olhado ou estupidez dos homens. Eu te destruo se comentar com qualquer pessoa.

Eu não o escutava mais. Escutava a vozinha murmurando no fundo do meu coração: "Perfeito! Mas o que o maluco do Escritore vai pensar disso tudo?"

– Pode me destruir se quiser, Tigrado, mas tenho que contar para uma certa pessoa... Me diz mais uma coisa: você já viu essas tatuagens nas costas de mais alguém, tirando sua família?

– Jamais! Meu pai queria visitar a África para reencontrar os seus. Ele dizia: "Se virem alguém com esta tatuagem, não hesitem em cumprimentar, é um membro do clã."

– Sinto que Escritore vai ficar contente.

– O quê?

– Uma última pergunta: você já ouviu falar em Ndindi-Furacão?

– Não conheço esse cara. Voltando ao assunto do milhão. Você conhece figas que valem tudo isso?

– Tigrado, isso é extraordinário. Eu conheço um primo seu. Ele veio da África só para te ver. Ele vai te contar o segredo da figa e da tribo dos homens que a árvore matou. E ainda vai te dar um milhão para selar o encontro.

– Ele também tem os ombros marcados?

– Ele tem tudo o que precisa para ser seu primo: as tatuagens, a impulsividade, o deboche, todo o sangue perdido que vem do Daomé.

– E ele veio para me ver?

– Para te ver e também encontrar um bom pretexto para se lamentar do destino da África, e talvez ainda escrever um livro, com ele nunca se sabe!

– Então pode trazer. Tendo em vista como andam as coisas, não vou cuspir em cima de um milhão, mas, de todo modo, vou ficar feliz em dar um abraço nele. Meu pai voltaria com ele para ver o que resta das nossas origens. Talvez eu vá em seu lugar... Sim, pode trazer meu primo.

– Primeiro tenho que conversar com ele. Amanhã eu te procuro para dar mais detalhes.

Fui correndo até o bar de Preto Velho, mas você não estava lá, Escritore, subitamente tinha ido visitar as ilhas, você que até então desconfiava das miragens do exotismo. Tive que esperar o dia seguinte para pôr minhas mãos em você.

– O que você me dá além do que prometeu se eu tiver uma pista?

– Primeiro a pista.

– Preciso de uma garantia, Escritore, para levar o negócio adiante. Digamos um milhão para mim e outro para os intermediários. Eu estou no caminho certo.

– Você nunca me deixou escolha.

– Já desvendei o enigma. Não é fácil encontrar três caras com as mesmas figas nos ombros, aqui todo mundo tem uma no punho. Mas que nada! Acontece que a sorte me sorriu, a mim também... Eles não sabem nada do seu Ndindi. Porém, conhecendo a cabeça desmiolada e o andar metido a besta que têm, tenho para mim que eles saem todos da mesma linhagem que você!

Os irmãos Baeta escolheram o lugar do encontro. Seria no Recanto da Celia, um boteco chinfrim escondido no alto da Barroquinha, onde eles tinham sido cafetões quando começaram suas atividades. Achavam que lá encontrariam a discrição necessária para esse tipo de transição. Tigrado estava entusiasmado:

– Terça, às dezoito horas. Lembre-se bem: dezoito horas. Depois temos um negócio para resolver antes de ir dançar na festa da Bênção.

– Melhor do que o meu?

– Temos que dar uma lição num idiota do Barbalho que zombou da nossa cara... Não se esqueça: terça, às dezoito horas. Estamos ansiosos para encontrar esse velho primo de um século.

Quando te informei do encontro, você pulou no pescoço de Preto Velho e pagou a rodada para todo mundo:

– À honorável tribo dos mahis, eterna e suplicante.

Reinha estava te esperando no Banzo com um prato de *siri catado* e uma boa garrafa de whisky:

– E então, Escritore, este livro?

– Está tudo encaminhado, Reinha. Terminei o primeiro capítulo.

CAPÍTULO X

Ignacia procurou no cesto de roupas o baú de madeira e o bisaco onde guardava suas agulhas, seus pentes e suas pulseiras de alumínio. Fez tanto gracejo entre a porta e a velha poltrona, imitando uma fada em ação com um humor mil vezes mais intenso do que quando interpretava um artífice acendendo o fogãozinho bambo na *favela* da Baixa de Cortume. Cuspiu três vezes em suas mãos segurando sua bengala:

– Agora venham as duas para cá, não se esqueçam de fechar bem os olhos! Vejam o que sou capaz de fazer com toda essa poeira imprestável. (E ela batia no travesseiro criando onomatopeias.) Abram os olhos agora! E então, o que dizem?

Centenas de bilhetes e um pote de moedas de prata apareceram sob a poeira do travesseiro. Ela nos abraçou uma por uma se contorcendo feito uma carpa:

– E se não tivesse feito minhas economias, hein? Para os dias bons, aqueles que nos reconfortam pela paciência que tivemos na vida. Como assim? Ignacia, aquela mula que nunca pensa no futuro? Pois aqui está a prova do contrário!

Tudo se organizou rapidamente, a cerimônia na prefeitura, o sacramento na igreja Nossa Senhora do Rosário dos Pretos, a multidão exaltada, as crianças jogando confete, o cortejo de carros alugados atrás do Chevrolet que Guilherme dirigia. Depois da igreja, Ignacia foi embora a fim de repousar sua pobre perna. O cortejo se transformou em fanfarra e demos uma volta pela cidade. Era a primeira vez que eu via tanta gente. Eu tinha uma ideia do que eram Bonfim, *Itapõa*, Ondina, o Clube Espanhol, de tanto ouvir falar desde a mais tenra infância. Conforme fui crescendo, me acostumei a achar que conhecia todos esses lugares sem nunca ter posto os pés neles. E agora eles desfilavam sob os meus olhos e eu me dava conta de que aquilo não fazia o menor sentido, eram simples adereços que poderiam se apagar a qualquer momento, se aniquilar ou se contorcionar sem mim, como a miríade de estrelas que observávamos do lixão sem precisar tocar com os pés.

Havia aquela garrafa de whisky que passávamos de um carro a outro. Estávamos todos atordoados pelas dissonâncias entre as buzinas, os gritos desafinados, e eu mais do que os outros por causa deste whisky infecto que não tinha o hábito de beber e que Robby e os demais me forçavam a engolir. No calor da festa, Lourdes cutucou o ombro do homem que dirigia o Chevrolet:

– Guilherme, pega essa autoestrada e segue lá para cima, isso, lá em cimão!

Robby parecia desconcertado:

– Mas o que tem de tão interessante lá em cima?

O carro foi deixado no ponto mais alto da autoestrada. Entramos naquele delicioso caos de pedaços de tábuas e pedras, velhos pneus e raízes grosseiras que se organizavam em uma espécie de escada imaginária dando acesso à *favela*. O capelão não nos reconheceu, nem quando evocamos Ignacia e o velório de Madalena que ele mesmo oficiou:

– Nunca conheci pessoas com esses nomes. Ignacia só conheço da Bíblia... Mas me digam, essa pessoa que morreu, que idade ela tinha?

A velha Aline nos reconheceu e nos chamou de lado:

– Ele ficou completamente caduco. Dizem que tem uma doença de nome complicado e sem remédio.

Ela nos levou até a beira da ribanceira para mostrar os vestígios dos nossos barracos e o antigo local do rochedo e do córrego:

– Eles cortaram toda aquela parte. Da *favela* só ficou a parte situada do outro lado da capela, em cima do parque de Narandiba. Estão construindo um prédio que deve chegar até lá, perto do barraco de Madalena, e a base lá embaixo, no meio dos mangues. Eu digo que melhor seria se construíssem na crista de uma onda! Aqui a terra é ainda mais desgraçada do que os homens. Tudo vai desmoronar se puserem esse troço aí... Eles cortaram tudo como se corta uma fatia de queijo! Pois que venham morar aqui: então vão ver onde despejávamos nossas bacias de excrementos!

Lourdes verteu uma lágrima. Levei-a até o lixão, deixando os demais para trás, bebendo direto da garrafa e mijando uma de cada vez no buraco que restou da retirada do rochedo.

– Você acha que vão deixar o cemitério?, perguntou ela.

Uma pergunta como aquela só poderia vir da alma direta e imprudente de Lourdes. Ela não tinha me ocorrido. Parei para observar a ribanceira. Dava para ver o pico que traçaram perfurando a rocha e, embaixo, no mangue, uma pilha de vigas e um trio de escavadeiras. A escavação se situava a menos de cem metros do quadrado de argila onde distinguíamos as cruzes. Via aquilo tudo, mas recusava com todas as forças a considerar o pior:

– Claro que não, bobinha, eles nunca vão fazer isso. Olha só o relevo do lado do cemitério, não tem espaço para pôr sequer uma cama entre a base da ribanceira e a rotatória da autoestrada.

– Queria tanto acreditar em você. Mas com o jeito de construir de hoje em dia...

Nós saímos passando pelos becos, gravetos, quintais imprevisíveis, como no tempo em que mamãe era viva e íamos ao boteco devolver garrafas de vidro, ou ao armazém comprar um pedaço de *salsicha*. Recuperamos nossos risos de menina e o velho e bom costume de ziguezaguear entre os barracos, derrubando pelo caminho penicos e marmitas de *sarapatel*. Corremos depressa até o cume do lixão com uma extraordinária malandragem. Com o olhar, beijei a capela, o imbróglio desenfreado de barracões pendidos no alto que um dia nos deu tanta alegria e vertigem. Mostrei com o dedo o parque de Narandiba, a *rodoviaria*, o amontoado de pequenos jardins e telhados descendo em espiral dos *morros* até as margens da baía. Não percebi que caía direto no cemitério. Mal reconheci a tumba de Madalena. Tirei as ervas daninhas e coloquei ramos de rosa-canina. Fiquei lá murmurando a canção até virem me dizer que era hora de ir embora.

Depois houve as oferendas na *Casa de Iemanja*, o banho de mar em Itaparica e a noitada nos *barzinhos* em *Itapõa* e Rio Vermelho. À noite, dançamos ao som de um grupo de *samba* numa sala alugada de um clube de futebol, perto do forte do Barbalho... E então chegou a grande viagem.

Não vi mais Lourdes até ela vir espalhar aqui o seu cheiro de jasmim e brincar com minha máquina velha. Guardo a lembrança de uma época em que os fatos se precipitaram e se misturaram com uma tal densidade que, a cada vez que me lembro, vejo uma bolinha solitária e impenetrável, uma espécie de corpo morto no tecido da minha vida. Só um ser com quem não tenho mais nada em comum escapa: que foi rico, mimado, determinado, depois machucado, maltrapilho e abandonado, e que vem me azucrinar sob a luz de Exu, aquela que me ilumina quando a vertigem me domina... Primeiro vejo um parque, uma propriedade rural, um vasto casaco de neve...

Vejo os dois sentados diante da lareira, a mulher falando com grandes gestos e o homem acariciando seu ventre com um chope de cerveja preta na mão:

– Como você quer que eu o chame? Eu ainda nem o vi!

– Você é o pai, precisa dar um nome.

– Não sabemos se é menina ou menino... ou os dois ao mesmo tempo!

– Você devia ter vergonha!

– Mas pode acontecer! A terra está repleta de animais hermafroditas. Por que não nesta casa?

A mulher começa a rir e dá tapinhas na cabeça do homem com um jornal dobrado em forma de leque:

– Escolhe dois: um feminino e outro masculino. Assim não será pego de surpresa.

– E o que vou fazer com o outro nome? Não acha que já tem muita velharia no sótão?

– Você conhece todo tipo de país. Escolha um nome de um desses países.

– Podemos escolher todos.

– Estou falando sério. Amarildo? Nelson? Nelson é formidável, soa chique no Brasil!

– Então é um menino? Ele te disse? Eu nunca fico sabendo dos segredos.

– Elvira? Iara ou Diana?

Faz muito frio lá fora. Dá para ouvir os cavalos relincharem. A casa é imensa, uma espécie de castelo com torres e enxaimel.

– Vamos para a cama?
– É o efeito da gravidez ou da mudança de clima? Agora você se deita quase antes do pôr do sol.

Eles levam uma vida confortável e regrada. Compensam a monotonia com um excedente de cumplicidade e amor. A casa onde moram fica escondida no fim de uma estrada de cavalos, dentro de um bosque encantador onde azevém e alfafa crescem envoltos em uma cerca de boldo e castanheiras. Em vinte minutos estão na cidade de carro. Ele tinha tido o cuidado de se precaver com mil maneiras de espantar o tédio. Tirou revistas e jogos de tabuleiro dos baús. Improvisou uma salinha de ginástica, instalou um jukebox no vestíbulo e um imenso piano de cauda que reduziu pela metade o espaço da sala. Para que ela não se sentisse deslocada, encheu as paredes de retratos de *orixas*, mães de santo e *babalãos*.

– Insisto que você resista às armadilhas de nossas boas maneiras. Continue acima de tudo barroca, exuberante, tropical! Que o inverno saiba que o Brasil passou por aqui!

Ele ajudava conscientemente tocando *conga* ou *atabaque* no meio da noite, fazendo potros relincharem e atraindo um concerto de buzinas hostis da autoestrada atrás da colina. Além destes cuidados delicados, ele fazia de tudo para se comportar como ela gostava, isto é, com espontaneidade e leveza, generoso em suas carícias e volúpias. Em todas as circunstâncias, ele se mostrava disponível. Era só ela ir ao vestíbulo quando ele se debatia com seus peões ou à varanda quando separava o lúpulo no galpão da cervejaria. Assim que ela chamava, ele inventava uma nova fantasia, um dia macaco, outro dia buldogue mordiscando um punhado de chips ou pipoca em sua mão. Aos fins de semana, ele a levava ao litoral. Ela bordava o enxoval na barraca enquanto ele mergulhava. Ou então iam os dois até a cidade assistir a uma partida de rugby e comer uma terrina.

Sob a luz de Exu, vejo a cena se desenrolar como via antigamente aquele curta-metragem em câmera lenta sobre a incrível vida dos *fazenderos* que padre Caldeira passava na biblioteca quando estava de bom humor. Vejo a mulher vacilando em um movimento lento, sofrido, desarticulado. Ela cai ao pé do piano levando consigo a molheira de porcelana que estava indo guardar. Abre a boca, mas seu grito é sufocado pelo imenso ladrilho do teto. Permanece deitada por muito tempo transpirando sob o efeito das contrações. O homem está trabalhando no haras do outro lado do pasto trocando as grades da cerca. Ao sair, esqueceu seu serrote. Um peão vem buscar, encontra a mulher caída e corre avisar:

– Senhor, é melhor ir ver sua mulher.

E, no entanto, ele a tinha deixado em boas condições. O ginecologista da cidade calculava ainda cerca de um mês para o feliz dia do termo.

O homem está no hospital. Anda agitado por cerca de quinze minutos no corredor antes que apareça uma enfermeira:

– E então?

– O que quer que eu diga? Hoje à noite ou amanhã ou depois de amanhã... Ele não vai ficar a vida inteira assim! Vai para casa, nós telefonamos.

Eu o vejo. Ele está prestes a jantar quando o telefone toca.

Ele está de novo no hospital. Desta vez, o mandam sentar num banco parafusado na recepção. Uma enfermeira empurra o batente da porta, vai e vem de um canto para o outro do corredor. O homem se levanta precipitadamente e corre ao seu encontro:
– Talvez seja eu quem você procura.
– Você? De jeito nenhum.
– Me telefonaram...
– Para um nascimento? Um momentinho que eu vou checar...
Ela volta com uma colega:
– Tem certeza que é o seu nome?... você é um amigo?
– Sou o marido. O pai...
– Ah!
Eles passam juntos pela porta dupla. A mulher está no quarto 251, embaixo das cobertas no meio de uma crise de choro.
– Meu bebê está morto!, grita o homem se voltando para as enfermeiras. – Vejam o que vocês fizeram, mataram meu bebê!
– Eu não te mereço, diz a mulher ainda sob as cobertas.
As enfermeiras convencem o homem a ir com elas até a sala dos recém-nascidos:
– Olha para ele.
Mas o homem não olha nada, nem as enfermeiras, nem as incubadoras, nem a pobre lâmpada do teto dentro de uma luminária engordurada. Ele leva sua mão agora convulsiva até os olhos, como cegado por uma luz forte. Sai sem dizer nada e se perde na escuridão do corredor, encurvado, assombrado, aniquilado.

Eu a vejo. A enfermeira se inclina sobre a mulher com um pote de iogurte que ela empurra com a mão, sempre escondida nestas cobertas que parece não querer abandonar.

– Não se preocupe, você ainda vai ficar uma semana aqui, caso tenha alguma complicação.

No dia da saída, um pacotinho a espera na recepção. Ela o pega, toda trêmula, e se retira num canto do jardim para ler a mensagem que veio junto: "Aqui está uma passagem de avião e algum dinheiro para o trem até o aeroporto. Você vai encontrar também suas roupas, as que possuía antes do nosso encontro. Eu fico com as outras. Não sei o que farei da minha vida. Mas isso não te interessa mais."

Ela lê a mensagem com os olhos bem abertos e nenhum arrepio no rosto. Não chora mais. Vira a cabeça para as bétulas murchas, os restos de neve suja, a haste do moinho de pólvora apontada para cima e repleta de névoa, feito um espantalho que se abaixa de propósito para murchá-la, asfixiá-la. Depois ela caminha, apertando contra si a coberta que a enfermeira lhe deu, caminha até o portão onde, com muito esforço, consegue obter do porteiro o itinerário até a estação...

O resto conheço bem, Africano, por ter visto muitas e muitas vezes sob a luz de Exu. Um trapo humano perdido nas ruas da cidade procurando com um passo hesitante o execrável caminho de pedras que a levaria à estação.

Somente mais tarde, quando já tinha se abrigado do frio, dobrado a coberta e o trem se posto a andar, é que toda a amplitude do vazio se abriu diante de si. Tudo contribuía para intensificar sua vertigem: a solidão, a vibração do trem, as árvores e as pontes que desfilavam embaixo do seu nariz colado no vidro da janela como um bando de perseguidores.

– Você precisa de alguma ajuda?

Talvez ela não tenha visto a senhora sentada à sua frente.

– Cuidado, a coberta caiu no chão. Não confie no cheiro de desinfetante, estas porcarias estão cheias de micróbios. E bobagem procurar na bolsa: a mamadeira você pôs no bagageiro, lá, na sacola transparente!

Era agora, no meio da sua confusão, quando o trem pegava velocidade e que a vida se distanciava e ela ouvia essa senhora falar como se ouvisse a rádio dos vizinhos, era só agora que ela se dava conta do que aconteceu. Examinou sem reticências a pele aveludada da criança, enxugou o vestígio do arroto, tentou sorrir à senhora. No fundo de si mesma, ela pensava: "Ele é mesmo o filho de seu pai!" Lembrou-se do telegrama que, meu Deus, foi a origem de toda a história: "Retido por negócios. Chego quando puder. Saúde! *Felicidade*! *Kisses*!" Ela não se incomodava mais de encarar o terrível segredo, suportar os detalhes atrozes. Nada se opunha. Tudo acontecia diante de seus olhos exaustos como uma coisa externa a si mesma, uma coisa terrivelmente independente e concreta que vinha ao seu encontro a despeito do seu desejo e da sua vontade.

– Aceita um chocolate? Você não vai ficar aí sem comer nem um chocolate. Viu como está frio lá fora? Você precisa comer algo no estado em que se encontra. Será que não fala inglês?

Teria ela sorrido de novo, pego o chocolate, agradecido a senhora ou respondido com uma mímica? Ela não se lembraria mais. Porém, lembrava-se com precisão do telegrama.

Diante de um tribunal, saberia dizer à corte a data, a hora e o tempo que fazia naquele dia. Ele chegou em suas mãos por intermédio do hotel. Gabriella veio pessoalmente em sua casa: "Um telegrama! Agora você recebe telegramas? Oh! Isso é mau sinal!" Mas ela não queria mais pensar em tristeza. Tudo agora eram flores, joias e felicidade. Seu homem não voltaria logo? Não tinha importância, ela esperaria até o mês seguinte... Contudo, uma semana depois, percebeu que não tinha mais nem um centavo, por causa da vida de rainha que andava levando. O dinheiro que ele tinha deixado antes de tomar o avião evaporou nas lojas de roupa e nos palácios das ilhas sem que ela notasse. E ainda era preciso esperar duas ou três semanas para cair o pagamento. De primeiro, a ideia lhe passou insidiosamente pela cabeça, mas ela conseguiu espantá-la rindo de si mesma. A medida que aumentava seu desconforto, ela parecia cada vez menos ridícula. Aliás, ela já não tinha feito a mesma coisa para ter o que vestir e sair depois que a vida lhe voltou a sorrir? Em pouco tempo, não era apenas uma divertida suposição, mas uma ordem peremptória que comandava toda a sua vontade: vai, vai depressa!

Ela foi. Por precaução, deu a entender que iria ao *Pau Miudo* para mandar costurar um vestido. Tomou o ônibus, desceu no mercado das Sete Portas e voltou para a Barroquinha. Subiu as escadas da rua sem saída, passou pela oficina de costura, levantou a barra da saia para evitar as poças no pátio e acionou o batente de uma porta verde abaulada.

– Pode entrar sem cerimônias, disse uma voz lá de dentro –, está vendo que a porta está aberta.

Ela afastou a cortina e entrou.

— Você? Se eu pudesse imaginar! É você mesma que está aqui?

— Não espere ganhar uma medalha de ouro por isso! Vou me casar, sabia?

— Se eu sabia! Não se fala de outra coisa em todos os *barrios*. Você é ainda mil vezes mais boazinha de visitar seu velho amigo.

Nem se deram ao trabalho de ir até a cama. Tudo aconteceu no sofá. Ela subiu o vestido, abaixou a calcinha até o nível dos joelhos. Depois se levantou para embolsar as notas. Nada a mais se omitirmos os ruídos frenéticos e o rolo de Kleenex que ela sabia onde estava no meio da bagunça debaixo da cama... Uma semana depois, seu homem voltou e eles se casaram.

"Foi exatamente o que aconteceu", pensava ela vendo os lúgubres bairros dos subúrbios se sucederem atrás do vidro, prédio atrás de prédio. A senhora já não estava mais lá. Em seu lugar, um trio de militares cantava vulgaridades. O barulho a tirou de sua semi-hipnose sem, todavia, trazê-la de volta à realidade. Ela se levantou titubeando para pegar a coberta e olhou mais uma vez a coisinha que remexia no cesto: "Ele é mesmo o filho de seu pai! A mesma cabeça de pão de açúcar. E muito preto para ser filho do outro."

Ela se lembrava de como se sentaram no banco do Chevrolet quando subiram até Baixa de Cortume exaltados pelo whisky daquela garrafa que passava de mão em mão. Naquele dia, ela observou Guilherme sentado ao volante e pensou bufando: "Que cabeça! Meu Deus, que horroroso pão de açúcar!"

CAPÍTULO XI

Se tivesse que escolher dentre as suas qualidades na terra, eu diria: o sangue-frio. Seus defeitos eram impossíveis de classificar, mais fácil separar a areia do deserto. Digo seu sangue-frio como poderia dizer sua elegância, sua vigilância ou sua solicitude. Mas digo seu sangue-frio e acrescento seu notável falatório, a maneira extraordinária que você tinha de dispor de tudo, inclusive das traquinagens do tempo. Seu erro foi esse seu otimismo excessivo. Não adianta fazer da vida uma receita de cozinha com tudo o que isso implica de escolha, coerência e programação. Você não era do tipo que pensava: "Bem, talvez eu vá morrer aqui mesmo, ao pé desses lixos da *rua do Alvo*, com uma faca atravessada no lado direito do peito!" Que prodígio você ter morrido justamente desse jeito, como um cão de montanha surpreendido pelo trovão! Não tinha como prever, não é mesmo, bendito cabeça de vento! Você caiu sem desconfiar de nada do que aconteceria. Caiu duro! Feito explosão de avião! Apesar desta súbita ruptura, ainda hoje nos esforçamos para te evocar no futuro. Muitas vezes quando ando pela praça ouço dizerem: "Não sabemos qual barco aquele desmiolado do Ndindi pegou. Talvez *Relampago*. Mas saberemos depois de lermos o livro, e também se o barco afundou de verdade." Um livro que você nem sequer escreveu, admita que isso é forte! Você queria que sua vida e seu livro eclodissem no mesmo dia. Não é que deu certo? Você nunca esteve tão presente quanto depois que vimos seu sangue jorrar com força, desabar ladeira abaixo como uma cachoeira e desenhar, para terminar, um verdadeiro lais de guia entre o cinema pornô e a loja de calçados. Eu mesmo não escapo da alucinação. Este livro, eu também quero ler, como um manuscrito póstumo em sofrimento na gráfica.

Este é o ponto crucial a partir do qual nossas vidas bifurcam: você se projeta e se lança; eu miro nas falhas dos outros, vivo dos seus erros. Veja você, Escritore, já é quase meia-noite. Rosinha vai aparecer no salão pedindo que Preto Velho ajude com a louça e conserte o velho caldeirão de ferro. No caminho vai me dar uma conchada nas costas e debitar suas gentilezas: "Estão te esperando lá fora! Chega por hoje! Dê o fora, seu cretino imprestável, nós já começamos a varrer. Você me dá tanta pena! Vai terminar seus dias do jeito que eu disse, como um verme na fossa do Carmo." Então vou fingir estar mais bêbado do que já estou: "Claro, *dona Rosinha*, deixa só eu terminar minha bebida, porra!" Vou esperar que os dois desapareçam na cozinha e me esgueirar atrás do balcão falando em voz alta para que os últimos clientes lúcidos me ouçam: "Onde é que ele enfiou o isqueiro, hein?... Ah, aqui está." Depois vou acender um cigarro e aproveitar para subtrair uma nota do pote de doces que fica entre a caixa registradora e a pia. Apesar de ser o dono do lugar e do precioso pote, Preto Velho está tão bêbado quanto eu. Não vai perceber nada. Certamente vai pensar que deu o dinheiro aos Filhos de Gandhi ou à velha desdentada que ele come de vez em quando no chão do depósito. Isso vai me ajudar a resistir mais um ou dois dias. Você quer o que, os *gringos* não vêm mais visitar aquele bom e velho amigo que decididamente mudou desde que você lhe perguntou o caminho da *rua do Alvo*. Meu desgraçado Escritore, seus princípios definitivamente me amoleceram. Não tenho mais forças para manejar um pé de cabra ou desafiar o delegado Bidica. Não grite vitória tão cedo! Meu estado se deve ao cansaço e não às pompas da sua moral. Isso eu também vi num filme: um velho cowboy decide se aposentar porque de repente se vê com medo de torcer o tornozelo pulando por cima da balaustrada de um banco. Só que ele já tem um colchãozinho forrado de dólares. Quanto a mim...

Conforme a madrugada avança, vou perdendo a paciência. O que será de mim amanhã quando este maldito sol me devolver a lucidez? Esta noite ainda estou no lucro, já enchi bem a cara para cochilar na poltrona sem me deixar perturbar pela podridão de Mãe Grande ou pelos caprichos de Janaina. Mas e amanhã? Pus todos os neurônios para funcionar, Escritore, para me livrar dessa angústia. Se fosse o caso de abrir um cofre-forte, seria bem diferente! Eu só conheço o que é ilícito, me sinto tão desastrado em termos de bons modos quanto um ciclista sem mãos nas ladeiras da Federação.

Já que você não está mais aqui para me acusar, posso confessar: revi o doutor. Não me julgue, ainda não decidi nada... Eu o encontrei como no outro dia, sentado em seu consultório, sem sombra de estetoscópio no pescoço, o que é preocupante: você já viu médico terrestre sem estetoscópio em volta do pescoço? Ele me viu chegar do fundo do corredor e, antes mesmo que eu entrasse, já foi se levantando para abrir o armário. Ele manuseava o maço gordo de dólares que tirou de uma maleta como se fossem cartas de um baralho.

– Mudou de ideia?

– Na verdade... Na verdade, eu não vim para isso. Eu... vim para ver o laboratório.

Ele me levou de novo naquele labirinto de cômodos repletos de ossuários e fedendo a mofo e formol.

– Você não tem nenhum emprego para me arrumar?

Pronunciei essas palavras unicamente para justificar minha presença ali: você não me imagina trabalhando para alguém, quanto menos para aquela espécie de primata com pinta de sabido em plena podridão subterrânea!

– Se prefere assim! Mas já vou avisando: eu pago em cruzeiros.

– E o trabalho consiste em...?

– Fazer tudo o que não tenho tempo de fazer: contar os ossuários, classificar as enciclopédias, limpar... Você tem algum diploma? Conhece um pouco de anatomia? Ah! Meu pobre amigo, aqui não é uma usina, eu preciso de um especialista.

Eu seria capaz de matá-lo com aquela pá jogada no canteiro de yuccas e arrebentar o armário para embolsar os dólares. Mas não fiz nada do tipo. Fiquei ali feito um idiota na frente do canteiro enquanto ele subiu as escadas. Gritei sem saber por quê:

– Doutor!

Ele refez seus passos e me gratificou com seu sorriso debochado:

– Sim?

Então desatinei a falar como se tivesse escrito o roteiro antes de vir:

– Você pode me emprestar uma nota de dez mil?

– Ah, meu amigo, eu não nado em dinheiro, não!

– Eu... eu sei bem. Mas é que...

– Mas eu proponho um negócio. Eu te dou essa nota que você está me pedindo. Em troca, você me deixa visitar sua avó. Sem compromisso da sua parte, só para ver.

Que vergonha, Escritore, mas eu peguei com gosto a nota. Ele vem amanhã ver minha pobre Mãe Grande. Ele vem amanhã com sua blusa fedendo à tintura de iodo, seus óculos de demente e seus dentes tortos e esverdeados que nunca viram sinal de uma escova. Sim, Escritore, sim, eu o deixei vir... Que ele a veja logo e depois o ponho para fora com minhas luvas de chumbo caso resolva se demorar! E assunto encerrado. Ele que procure outros doentes para empalhar com seus dólares! Mas ele parece gostar da doença de Mãe Grande como se gosta de uma boa comida: tenho até receio que ele a coma para saborear sua podridão. Só de tocar no assunto ele já fica todo febril e voraz. Jamais vou fechar qualquer negócio com ele, muito embora, a julgar pela cara dele, já cantasse vitória no momento em que atravessei o portão.

– Meu amigo, estou disposto a pôr cinquenta dólares... por mês! E, é claro, a comida e a hospedagem são por minha conta. Para você seria uma espécie de renda vitalícia...

Janaina e eu poderíamos abrir uma *lanchonete* em Matutu para atender os pedreiros das obras... Quando menos esperássemos, teríamos o apartamento de dois cômodos dos sonhos de Janaina... Mas você me conhece, Escritore! Você não me imagina fazendo uma coisa dessas: alugar o corpo de Mãe Grande como se fosse uma cômoda vulgar!

É melhor apostar no biruta. Se pelo menos tivesse alguém para me dar coragem, seria mais fácil. Era só pôr alguém na sua cola, um outro na frente do Clube Espanhol; contornar os galhos dos manguezais, escalar o balcão por cima do desnível. Os cofres são minha especialidade. Poderia usar as ferramentas do bando de *Itapõa* já que os irmãos Baeta estão de novo em cana, e não era para menos. Eu devia ter avisado sobre eles. Não estaríamos aqui hoje, você na escuridão de um túmulo e eu no fundo do poço.

Porém você também foi bastante discreto em seu passeio na ilha de Itaparica. Só ouvi falar de sua linda americana depois que você morreu. Palito a viu perambulando no museu arqueológico. Ela tinha um encontro com Pôr do Sol para programar um banho de mar (ela que se dizia chamar Sunny era pálida feito leite coalhado!). Você entrou nesse rolo com essa sua pobre cara de intruso... Fiquei surpreso por ter ido subitamente visitar as ilhas, e assim sem avisar, depois de estarmos juntos na véspera, na Cantina da Lua... Durante a investigação, muitas testemunhas afirmaram tê-los visto admirando os baixos-relevos da igreja de São Francisco e a vista da baía do terraço do Mercado Modelo. Depois você a beijou na frente dos marinheiros do porto. Vocês foram seguidos até a *pousada* Arco Íris, na ilha de Itaparica. Anotaram tudo: a cor do coquetel, o número do quarto, o volume dos gemidos. Tudo foi gravado, classificado, transmitido. Não tente mais me culpar, Escritore: você assinou sua sentença de morte do próprio punho.

CAPÍTULO XII

Guilherme! Eu dancei com ele na festa de São João do Engenho Velho de Brotas. Lourdes tinha me levado, dizia ela, para eu me "soltar". Depois da minha semirreclusão no convento de São Francisco, ela pôs na cabeça a ideia de me ensinar a dançar, usar vestido, me pentear, seduzir os homens:

– Você não é uma freira, filha de Deus! Se esteve naquele convento, foi para sobreviver, não para fazer os votos. Sacode um pouco o esqueleto e começa a correr atrás do atraso. Com o corpo que tem é capaz de enlouquecer todo um batalhão!

Ela me dizia essas coisas logo depois que me ajudou a mudar para cá, para este quarto cheio de baratas que eu acreditava ter deixado definitivamente, mas que me servirá de túmulo quando Exu assim quiser. Coisas que ela não precisava repetir para romper a barreira que reprimia meus desejos. Porque a cidade me tentava, meu querido Africano. Eu a sentia vibrar a uma polegada das minhas persianas e, naquela época, só queria uma coisa: ser levada por sua volúpia, por sua magia. Agora tudo acabou, ela voltou a ser o que era antes que meu corpo estremecesse, que minha vida virasse para sempre de cabeça para baixo: grotesca, fora de alcance. Estou demasiadamente exaurida pelo cansaço para me arrepender de qualquer coisa. O que está feito está feito e tudo aconteceu tão depressa que ninguém seria capaz de controlar o curso das coisas. É o que tento explicar a Lourdes quando ela chega roçando em minha máquina com seu vestido de noiva e seu grande buquê de jasmim. Mas Lourdes não responde mais, ela sorri sem dizer nada e gira num amplo movimento de bailarina. Tudo teria sido diferente se ela se preocupasse em me alertar em vez de me embalar e me empurrar para a fogueira. A gente se acostuma fácil com o chique, a dança, a praia! Ela me dava de bom grado boa parte dos objetos de luxo que Robby lhe comprava. Quando eu os usava, ela exclamava:

– É assim que você deve ficar: elegante e descontraída. Ah! Se visse como saiu lá das freiras!

Ali ela falava de uma coisa que na verdade eu ainda não conhecia. Fui descobrir meu corpo no espelho que ela me deu para que visse com meus próprios olhos que eu não era mais aquela selvagem que ela viu nos degraus da estátua na *praça* Anchieta. A cara que Exu me deu era mesmo a de Zezé-Facalhão, aquela bela cara de *caboclo*, furiosa e deslumbrante, que virava um verdadeiro sol quando eu a clareava com um sorriso. Minha raça veio enfim com a puberdade e o crescimento do meu corpo. Não zombavam mais de mim. Viravam-se quando eu passava, enfeitiçados e surpresos, admirando minha pele branca deliciosamente bronzeada e meus cabelos loiros e crespos, dos quais hoje cai uma mecha em minha testa formando um irônico coração.

Exu zombou da minha pele, mas não das minhas qualidades. Acho que fui bonita, selvagem talvez, estranha sem dúvida, mas bonita. Hoje que o tempo levou tudo e não me resta mais nada a fazer, eu me pergunto por que foi ele, Guilherme, com aquela cara de pão de açúcar, que se regalou com aquela abundância de juventude e frescor, de sensações virgens e extremas... Lourdes o apresentou primeiro a Robby, sem dúvida por causa do Chevrolet que precisavam alugar para o casamento. Como eu estava junto, ele me cumprimentou e me tirou para dançar. Ele foi muito audacioso, seguro de si. E depois Lourdes me encorajava com piscadelas e Robby, levemente embriagado, me sorria com um estranho sorriso.

– Olhe bem isso aqui, disse Guilherme me mostrando um maço de notas quando saímos da cama. – Eu te darei um maço desse a cada vez que vier me ver.

Não sei dizer o que eu pensava exatamente (na estupidez da cena? Em sua feiura?) quando desci do avião, nem durante todo o trajeto que levava à casa de Ignacia. Eu ia sem enrubescer, sem um arrepio no coração, com a sensação de estar dentro de um sonho e a consciência tão vaporosa que eu pisava em meu crime como em um caminho de folhas.

Eu a tinha acordado. Ignacia deslizou medrosamente sua cabeça para fora, entreabrindo a porta. E foi exatamente como antes: os mesmos abraços febris, seus risos entrecortados de soluços... Pelo menos nos primeiros instantes. Depois ela caiu em sua velha poltrona entre soluços intermináveis e uma longa sucessão de balbuciações antes que eu compreendesse:

– Sim, Leda, minha pequena Lourdes morreu! Você imagina, ela não pôde suportar. Pulou da balaustrada do Q.G. assim que vocês partiram. A tristeza, minha pequena Leda...

Então ela percebeu que eu não estava sozinha e se precipitou até o cesto que tinha ficado perto da porta. Um breve sorriso apareceu em seu rosto e depois ela fez um beiço espantado e gracioso como sabia fazer quando via a velha Aline correr até o cantinho das samambaias na Baixa de Cortume:

– Estou achando preto demais para ser filho de Robby. Que nome você deu para ele?

– Eu não vou dar nenhum. Não quero que seja meu filho.

– Pois então que fique comigo. De todo modo, eu jamais poderei viver sozinha.

No dia seguinte, eu me mudei de novo para cá. Gerová não encontrou nada para dizer. Contentou-se em observar que os ares de grã-fina não me conviriam por muito tempo; que eu fiz um pouco de falta, especialmente à máquina velha.

Antigamente, para escapar das zombarias, eu esperava a noite cair e atravessava a praça para ir comer um espetinho no Kalundu. Até o dia em que aqueles trombadinhas filhos da puta me atacaram com seus estilingues e arminhas de água. Um destes endiabrados carregou sua arma com líquido de bateria e me acertou um jato em cheio no fundo dos olhos. Foi assim que Exu, o mensageiro dos deuses, me fez mudar de mundo. Ele me fez esquecer o sol e me pôs sob sua luz. Saibam, seus cretinos, que daqui Leda-pálpebras-de-coruja vê tudo, tudo, até a vida que ela mesma viveu, daqui deste quarto aonde Lourdes volta para me visitar e me lembrar das nossas brincadeiras de infância e, talvez, capturar o cheiro do homem que eu lhe roubei... Aqui, nesta velha cama de madeira encostada na velha máquina, ele vinha me encontrar de noite com a desculpa de que queria ficar acordado, que Lourdes estava dormindo e ele sem sono. Trazia sua garrafa de whisky, me olhava com seus olhos ingênuos, falava sem dizer nada. Eu perguntava por que me trazia presentes tão tarde da noite. "*My God*!", respondia ele, "eu preciso contar para ela..."

Até que uma noite vieram os dois. Lourdes com ares de múmia e ele com um chapéu para esconder seu embaraço. Aliás, ele não teve muito o que dizer. Foi Lourdes que, apesar do seu estado, se encarregou da tarefa:

– Acho que nos confundimos, Leda. É você que ele ama. Eu não posso fazer nada...

– E se eu...

– Lembre-se do que você me dizia no lixão da Baixa de Cortume. "Então você fica com o meu. E eu encontro outro."

Naquela noite, Robby não tinha nem mesmo trazido sua garrafa de whisky para dar coragem. Ele gaguejou que a culpa era toda sua, e eu... já não sei mais o quê. Nós nos casamos depois de um ano morando juntos em uma suíte do hotel.

Elas nos acompanharam ao aeroporto, Ignacia apesar da sua bengala. Eu puxei Lourdes de lado e disse, confusa:

– Se for para a gente se separar...

– Não, está tudo bem assim. Eu vou esquecer depressa, assim que vocês forem embora.

Quanto a Ignacia, sua última visita data de quando a criança ia fazer cinco anos:

– Se visse como cresceu! Dei o nome do meu avô, um pouco para me consolar por ter perdido Lourdes. Eu disse que seus pais morreram no incêndio daquele barco no rio Paraguaçu. Você pode imaginar, ele ia me encher de perguntas! Fiz bem, não fiz, já que você não quer mais vê-lo?

Essas são as últimas palavras que me restam dela. Todavia, ela continuou falando durante pelo menos meia hora. Mas eu não escutava mais. Eu a olhava se agitar na cama de madeira, sorridente e constrangida, tentando quebrar meu silêncio com cândidas digressões sobre o estado da sua perna, o cheiro das bananeiras em flor ou o piar singular dos tordos na Baixa de Cortume. Na época, os estrupícios da praça ainda não tinham estourado meus olhos e eu podia tê-la abraçado sem esbarrar em minha máquina. Eu a teria visto indo embora com um aperto no coração. Ora, não tenho nenhuma lembrança do momento em que ela me deixou. Desde então, me esforcei diversas vezes para me arrepender, torturar minha consciência com remorsos. Em vão. Pobre Ignacia! O que lhe terei oferecido além dos meus piolhos e da auréola nefasta do meu mau agouro? Sequer um pouco de compaixão. Quando, sob a luz de Exu, eu a vejo se remexer em sua cama com seu sorriso inalterável e sua perna saturada de pus, nenhum sentimento invade meu coração: Nada, nem dor, nem admiração. Como poderia? As desgraças lhe surgem como as flores crescem nos caules dos dentes-de-leão, num ritmo tão acelerado que perdem toda o poder de comoção. E depois tem seu sorriso que nada corta o frescor, cada dia mais alegre, mais juvenil, este sorriso que ela nunca perde por muito tempo, não importa o que aconteça: a morte de Madalena, o trágico episódio da fossa do lixão, a morte de Lourdes...

Anunciar a perda da filha como sinalizamos um incidente, sem estresse, sem transição, entre um soluço e um riso louco, só Ignacia podia fazer. Primeiro, acreditei que ela estivesse sonolenta, que delirava ou contava uma piada naquela funesta noite em que voltei da Inglaterra. Mas não, ela estava mesmo morta, minha pobre amiga! Morta, por assim dizer, por não saber esquecer nossas cândidas juras de infância. "Então você fica com o meu. E eu arranjo outro", tinha me lembrado Lourdes e, de fato, eu roubei o seu homem, aqui, neste mesmo quarto que vai ser túmulo pela vontade de Exu. No instante de virar um copo, Robby a largou para cair em meus braços. Uma mudança de cavaleiro tão pouco dramática quanto em um baile popular. Quando soube que eu tinha roubado o noivo da filha, Ignacia explodiu em uma fúria homérica:

— Isso não se faz, suas bestas. Troquem tudo o que quiserem, mas nunca um noivo! Um homem não é um balaio, poxa vida: quando se tem a sorte de ter um, a gente guarda!

O que não a impediu, chegado o momento, de vasculhar no cesto de roupas o baú de madeira e o velho bisaco para reunir suas economias, nem gritar de alegria no meio do pátio:
– Ouçam, minha gente. Minha filha vai se casar. Só que eu achava que era uma... mas não, era a outra! Já viram isso: da primeira vez o noivo não tinha ajustado os óculos!

Acho que não omiti nada, Africano. Hoje posso rever tudo sem sofrimento, sem um pingo de arrependimento. O passado não representa nada para mim além de um afresco exposto à luz do dia, me surpreendendo como surpreenderia os transeuntes. Há tempos minha vida se escapou de mim, do meu pensamento, como tiras da minha carne. E esta é a inverossímil meada dos fios, como o doce de bagatela ou os paralelepípedos da praça, se agitando sozinha atrás das minhas pálpebras. O espetáculo é nosso único elo. Uma coisa em si que me aparece quando quer. Assim fazia o céu ao me deixar ver seus colares de estrelas conforme meu corpo crescia na Baixa de Cortume...
Com seu faro de onça, Gerová devia desconfiar que eu não iria muito longe. Que bastava esperar na frente do meu quarto para me ver do jeito que ela gostava: vencida e envelhecida. A vaca tem razão, eu não tenho outra escolha além de me submeter às suas vontades. O que sou, afinal, senão seu bem inalienável, uma espécie de antiguidade que teria, além de tudo, a vantagem de melhorar à medida que se deteriora? Depois do que me aconteceu com os pivetes da praça, ela quase sucumbiu ao pânico, ela, a mulher sem idade, sufocada pelo cinismo. Mas logo se recompôs e me ofereceu uma *salsicha* quando percebeu que eu bordava ainda melhor depois de ter ficado cega. Diz ela que não preciso de mais

nada, menos ainda de um salário, só da cama onde durmo e de um pouco de feijão para não morrer de fome. É o que eu acho também. Mas a ela isso não basta, reflexo de cadela velha que deseja manter seus hábitos. Ela poderia me levar sem excessos de ruindade: era só levantar o dedinho para eu ir correndo ao banheiro por ela, se ao menos isso fosse possível! Formamos uma dupla movida pela força das coisas. Aliás, ela é tudo o que me resta, tudo o que me liga ao mundo: quase uma história de amor... Já ia me esquecendo do clamor da praça, das pirraças de Nalva... e de Lourdes, já que tudo é verdade quando ela me força a brincar de novo com ela.

No instante em que falo, ela atravessa a janela. Está vestindo seu vestido de noiva e esboçando um sorriso protetor. Ela gira em volta do cômodo, sai de debaixo da máquina, beija minhas duas bochechas, me entrega o buquê de jasmim. Desdobra os tecidos, dança do armário até o teto, curva-se na janela para examinar os paralelepípedos. Neste momento, tudo fica confuso, a luz está vermelha e coberta por uma poeira grossa de pórfiro sob a qual não se vê mais nada...

Ela já se foi, Africano. Quando tudo se ilumina de novo, Janaina aparece em seu lugar. Meu Deus, um véu branco envolvendo sua cabeça! O que será que a moveu?... Vejo seu rosto suado, atormentado por pequenos espasmos. Ela anda sem evitar os transeuntes, com os olhos fechados, pode-se dizer. Seus braços cruzados sobre o peito são como duas baguetes inertes. O que será que a moveu a enfim sair de casa? Ela sobe a *rua* Alfredo Brito, vai direto até uma porta. Não está mais com os braços cruzados, mas tem uma arma na mão. Ela bate sem titubear, sem abrir os olhos. Aproxima-se do armário, o abre e se apropria da maleta.

Meu Deus, Janaina, por que matar o doutor?

CAPÍTULO XIII

Eu sabia que haveria uma desgraça. Melhor seria se tivéssemos nos encontrado na ausência de Juanidir. Esse aí dá azar desde que doou sua casa para a caridade dos bombeiros. Diz ele que atingiu o nirvana e não precisa de mais nada, somente das provisões do espírito. Um faquir com suas ovelhas. Observo-o pela janela da sacada. Eles estão em êxtase lá em cima, no primeiro andar da *casa dos* Filhos de Gandhi. Logo vão recolher as guirlandas, apagar a luz e voltar para casa. Em seguida, Rosinha e Preto Velho farão o mesmo e eu ainda sem decidir nada a propósito do doutor. A propósito do doutor, a propósito do biruta. Amanhã, quando acordar, talvez tire a sorte nos dados: par, doutor; ímpar, biruta.

Com o doutor é coisa fácil, não tem como dar zebra. Dólares sem levantar o dedo e Mãe Grande resguardada. Do outro lado, com o biruta... preciso arrumar uma boa lanterna, uns calçados com sola de plástico e contratar os serviços de Palito ou Sergio-chorão.

Amanhã eu vejo isso. Agora tenho que zarpar. Rosinha está aqui e dessa vez não está de brincadeira:

– Vamos, o bar vai fechar! Levanta, Innocencio! Amanhã você volta se encontrar uma boa alma para explorar. Você vai acabar do jeito que eu disse: um verme na fossa do Carmo. Mas que vergonha! Mãe Grande vai morrer e você só pensa em se embriagar. Pobre Innocencio *Juanicio de Conceição Araujo*!

A fossa do Carmo! "Rosinha, estou aqui pensando, você vai para lá bem antes do que eu, não como verme, mas como macabéa, uma macabéa comida pela varíola." Obviamente,

Escritore, que eu não digo nada. Onde vou encontrar uma *pinga* amanhã para manter a forma? Onde vou repassar na memória seus tiques de grande príncipe? Rosinha tem razão: chega por essa noite, preciso ir embora. Ela que feche logo seu caixa, já a vi bastante por hoje. Ainda tenho forças para subir o morro, enfrentar o estupor dos vadios e as asneiras de Manchinha. Talvez eu caia atravessando a fossa, mas saberei me agarrar às grades e aos punhos das janelas, vou chegar ao pátio sem nenhum arranhão nos cotovelos. Basta que eu empurre a porta de Mãe Grande com um chute leve para entrar sem incomodar ninguém. Janaina não vai estar dormindo... eu sei, ela vai estar ocupada revisando o catálogo de insultos que amanhã vai me jogar na cara. Talvez não durma nunca mais, aproveitando o silêncio da noite para ruminar seus projetos de vingança e seu amargor. Antes do sono chegar, vou ouvi-la por muito tempo se remexer e fungar, multiplicar as intrigas debaixo dos cobertores. Vou passar por cima dela sem perder o equilíbrio. Sentar na poltrona descosturada desviando como posso das panelas e sapatos de fivela que ela joga negligentemente antes de se deitar. Vou assistir ao maravilhoso espetáculo: a cidade com seus tetos escarlates dançando um passo de dois com o fluxo do mar; os *gringos* invadindo as praias; Juanidir de cornaca, Samuel de monge talapão, Rosinha... com quais traços monstruosos essa daí vai me assombrar? Mas é sempre a cena do seu velório, Escritore, que acaba por se impor, lancinante jogo de estrelas e sons na minha cabeça tomada de vertigem.

Não sabia que você tinha feito tantos amigos. As pessoas choravam como se tivessem perdido um devedor. Algumas falavam de você de modo tão familiar quanto eu. E elas vinham de todas as cidades do *reconcavo*. Balbino, o pai de santo, se mostrou de um zelo todo pedagógico. Vestia um traje que nunca tínhamos visto: um fraque de fibras de ráfia e uma espécie de cartola de tecido ornada de plumas de papagaio e pequenos espelhos. Ele girou em torno de seus restos mortais, fez ao menos vinte voltas agitando um mata-moscas de pelo de cabra. Seus gestos puseram algumas meninas em transe e, de acordo com Samuel, ninguém jamais tinha ouvido por aqui as palavras que saíram de sua boca. Nós nos espantamos com sua recusa obstinada em enterrá-lo dentro de um caixão (naquele onde te enfiaram sem más intenções no necrotério). Sem dúvida, assim você sairia mais facilmente de sua tumba para reganhar a África: "Não mais do que três dias neste buraco onde o puseram," previram no calor da emoção. "Tão logo ele se transformará em águia-pescadora e, num simples bater de asas, atravessará o mar." Sim, em águia-pescadora: com uma raia branca na garganta e uma anchova no bico! Isso era o que mais se parecia com você, mais do que seus passos de ganso junto aos fantasmas dos escravos em um canto do Unhão, como você o imaginava em seus momentos de melancolia.

De onde nos vem esse senso ostensivo da magia? Da África. Quem se aventuraria a ver ali o mau agouro do Índio ou a exaltação do Lusitano? Da África, assim, podemos dizer. Porém, antigamente, isso tudo para mim era uma grande bobagem que só servia para enfeitar as ruas e esquentar o carnaval... até ver Balbino em pleno trabalho. Em outras circunstâncias, eu riria com vontade de suas mímicas. Mas ali, o jogo de búzios, a teoria das moças com idade para casar quebrando as nozes de cola, as litanias guturais que me enchiam de medo... Ele te enrolou num lençol branco amarrado em um cilindro de fibras. Cochichava em sua orelha e despejava um líquido esbranquiçado em sua tumba que, de longe, parecia o autêntico vinho de palma. Talvez quisesse somente nos edificar, nós outros os perdidos, os bastardos, os filhos desaparecidos do clã, e obter alguma vanglória para o seu terreiro da Cabula – vanglória por sinal merecida se julgarmos pelos espasmos e genuflexões na multidão. Nós já estávamos todos em sua terra, perto da sua cabana de príncipes e do grande formigueiro, especialmente Reinha que tinha se pintado de caulim e rasgado o vestido. Ela chorava sobre seu corpo agitando os seios nus como se fosse sua viúva... E dizer que nos despedimos na véspera com a certeza de jantarmos juntos de novo e continuarmos a encher a bola de Ndindi seduzindo a mulherada, como de costume.

Meu pai, Escritore, combinamos o encontro na *pousada* da espanhola. Simples precaução: não queria que fosse sozinho da *Saude* à Barroquinha com seus dois milhões no bolso. Passei a manhã no porto observando os marinheiros manobrarem. Ao subir até a cidade alta, cruzei com Palito no bondinho. Ele me pediu para ir à casa dele ajudar com uma geladeira velha. Consertar o transformador, trocar o rotor, desengordurar o congelador... Tudo isso nos tomou umas três horas. Ele separou uma garrafa de *cravo*, me ofereceu um copo e uma partida de Banco Imobiliário para matar o tempo naquela tarde. Por volta das sete horas, mestre Careca juntou-se a nós com seu violão e um potinho de maconha. No meio da fumaça e dos *afojes* que começaram a cantar, a atmosfera se enevoou e eu acabei confundindo as datas. Fiquei cochilando até ouvir os gritos. Foi Samuel quem primeiro correu até a praça empurrando os músicos:

– O mundo ficou louco! Mataram Escritore!

"O mundo ficou louco!", respondeu a multidão, tanto e tão alto que as percussões e o banjo improvisaram um novo *samba*.

Quem me contou foi Reinha, que palitava os dentes apoiada na balaustrada do Banzo no momento exato em que perfuravam seu peito. Nas terças ela espera acabar a festa da Bênção, à meia-noite, para abrir a discoteca. Ela assistia ao espetáculo palitando os dentes quando Samuel se apossou do microfone.

Eles ainda não tinham te coberto com aquela lona horrível. Achei que você estava dormindo ou me pregando uma peça. Quase conversei com você, tanto que você me parecia vivo, se não fosse a faca que perfurava sua carne e o lais de guia vermelho jorrando pelos lados. Tive que pôr um joelho no chão para reconhecer seu rosto, seu belo rosto de galã de pele fresca sobre o qual voava uma mosca. Nenhum vestígio de sofrimento, só o esboço de um sorriso, um daqueles sorrisos efêmeros que você dava quando uma ideia maliciosa te ocorria. Com apenas um tapinha nos ombros você se levantaria para retomarmos nossas conversas e extravagâncias. Eu pensava em nossa noite anterior, em seu excesso de lirismo: encontrar intacto o spleen de Ndindi-Furacão nos genes dos irmãos Baeta! Como se pode morrer tão rápido? Essa foi a única pergunta que minha alma atormentada foi capaz de formular. Eu me sentia como numa nuvem: o clamor da multidão, as luzes dos bombeiros piscando, a maconha que fumamos na casa de Palito...

– O que você está fazendo aqui? Espero que não esteja metido nisso.

Ouvia o delegado Bidica, os palavrões e os choros, as vozes de Samuel e de Reinha. Distinguia o furgão da polícia entreaberto na ladeira: os irmãos Baeta estavam lá dentro com as mãos e os pés algemados.

Não me vendo chegar no recanto da Celia, os irmãos Baeta decidiram acertar as contas com um rapaz do bando do Barbalho que eles tinham prometido dizimar. Os dois bandos tinham o costume de resolver suas questões por meio de lutas organizadas no *morro de Monte Cristo* ou no forte *Montserrat*. Geralmente reclamavam de arranhões, dentes quebrados, no pior dos casos alguns cortes no rosto. Mas os moleques do Barbalho passaram dos limites: Reinaldo, o chefe, se ajuntou com Clara-peitos-de-mel, concubina de Tigrado. Preto Velho, que se orgulha de nunca se enganar, previu a desgraça:

– Os irmãos Baeta não vão deixar barato. Vão arrancar os olhos de pelo menos dois. Talvez de uma meia dúzia.

Ao te ver com a americana, eles te confundiram com Christovam, o guarda-costas de Reinaldo. E te seguiram até Itaparica. Vocês se encontraram face a face na *rua do Alvo*, bem no pé das imundícies. Sem dúvida os espíritos ancestrais de Ndindi te esperavam na frente daquele pseudoformigueiro feito de ferro e lixo. Pelo menos foi o que pensei quando vi seu sangue secar entre o cinema pornô e a loja de calçados.

Quando penso que eles não queriam tirar sua vida, nem mesmo a de Christovam! Tigrado desejava simplesmente lhe dar um castigo, mas Voltametro não parava de trovejar por causa de todas as abobrinhas que tinha escutado no *barzinho* da Barroquinha enquanto me esperava. Os outros dois fizeram de tudo para contê-lo, mas ele conseguiu se desvencilhar se jogando contra você, gritando feito bicho.

No fim das contas, eles não têm nada a ver com isso. A culpa é toda minha. Levarei sua morte como um fardo perpétuo. Nada do que fizer poderá jamais me curar. E pensar que estávamos tão perto do alvo, que eu tinha planejado tudo com antecedência! Como combinado, nos encontraríamos no *barzinho* da Barroquinha para selar o reencontro com uma *pinga* em memória de Ndindi-Furacão. Em seguida, ganharíamos a praça para a festa da Bênção e, num passo de *samba*, refaríamos o caminho de Onim ao *reconcavo*. Enfim, você teria escrito seu livro, você o teria escrito para falar da Índia e da Reinha, do desmoronamento do lar, do fedor dos porões e de todo o resto da confusão.

Só que, como um idiota, eu esqueci que era terça-feira.

© Editora Nós, 2022

Direção editorial SIMONE PAULINO
Editora RENATA DE SÁ
Assistente editorial GABRIEL PAULINO
Projeto gráfico BLOCO GRÁFICO
Assistente de design STEPHANIE Y. SHU
Preparação LUCÍLIA TEIXEIRA
Revisão ALEX SENS
Produção gráfica MARINA AMBRASAS

Texto atualizado segundo o novo Acordo Ortográfico da Língua Portuguesa

Imagem de capa FERNANDO BURJATO
Sem título, 2020, 32 × 24 cm, guache sobre papel

Dados Internacionais de Catalogação na Publicação (CIP)
de acordo com ISBD

M742p
    Monénembo, Tierno
    Pelourinho / Tierno Monénembo
    Título original: *Pelourinho*
    Tradução: Mirella do Carmo Botaro
    São Paulo: Editora Nós, 2022
    192 pp.

ISBN: 978-85-69020-60-8

1. Literatura francesa. 2. Romance. I. Botaro, Mirella.
II. Título.

2022-3329   CDD 869.89923   CDU 821.134.3(81)-31

Elaborado por Vagner Rodolfo da Silva – CRB-8/9410

Índice para catálogo sistemático:
1. Literatura brasileira: Romance 869.89923
2. Literatura brasileira: Romance 821.134.3(81)-31

Todos os direitos desta edição reservados à Editora Nós
Rua Purpurina, 198, cj 21 – Vila Madalena, São Paulo, SP | CEP 05435-030
www.editoranos.com.br

Fonte SIGNIFIER
Papel PÓLEN SOFT 80 G/M²
Impressão MARGRAF